ラルーナ文庫

霧幻の異界の白虎と朱雀

真式マキ

三交社

CONTENTS

Illustration

小山田あみ

霧幻の異界の白虎と朱雀

本作品はフィクションです。
実際の人物・団体・事件などにはいっさい関係ありません。

実際は金と欲にまみれた薄汚い場所であるはずなのに、こうして見下ろすと作り物のように綺麗《きれい》な街だなと思った。

週末の会社帰りに同僚の男四人から誘われ、断り切れずに夜の繁華街へ足を踏み入れた。連れていかれたのは都内の雑居ビル七階にある安居酒屋で、あえてよい点を挙げるとするなら窓から眼下にきらめく街が見えることくらいだ。うっすらとかかっている霧がネオンを優しく溶かしている光景は、少なくとも京《きょう》の目には美しいものとして映った。

ハイボールのグラスを片手に窓の外を眺めていると、アルコールも回り上機嫌らしい声で「東野《ひがしの》」と声をかけられた。飲み放題の薄い酒にも安い肴《さかな》にも文句はないが、酔っ払いの相手は若干面倒くさい。

「なあ、今度合コン来てくれよ。おまえ一度もつきあってくれたことないよな、たまにはいいだろ」

肩に手を置かれてしかたなく視線を向けると、至極ご満悦といった様子の同僚が焼き鳥に嚙《か》みつく合間にそう言った。首を傾《かし》げている京の目の前へ突き出された彼の携帯電話には、いつだったかの飲み会で半ば無理やり撮られた写真が表示されている。

首に回された同僚の腕から逃げられず愛想笑いを浮かべている自分の姿を見て、誰《だれ》にも気づかれぬよう密《ひそ》かに溜息《ためいき》を洩《も》らした。朽葉色の髪と同色の瞳《ひとみ》は偽物の表情に相応《ふさわ》しく冷めており、どこか物憂げで、自分で眺めていて気分のよい写真ではない。

「こいつを見せたら、この色男が来るなら合コンに参加してもいいって女がたくさんいてさ。おまえはただ座っててりゃいいし、気が向いたら一番いい女を持っていっていいし、なんなら金もいらないから」

「おれはそういうのあまり得意じゃないなあ。できれば遠慮したいね」

「相変わらずつれないやつ。ま、東野はそこがいいところだからしかたないか」

京の答えを笑って受け入れ携帯電話をスーツにしまい、同僚はさっさと食べかけの焼き鳥に注意を移した。彼の言い分からは自分のどこがどういいのだかさっぱりわからなかったが、酔いの回った男に解説を求めるのも無意味だろうと、こちらも曖昧《あいまい》に笑って返し窓の向こうに視線を戻す。

あれからもう十年がたつのか。そう考えると不思議な気分になった。

夜の繁華街、まさにこの街の裏路地で、意識を失い倒れているところを発見されたのは十年前だった。今日と同じように霧のかかった秋の夜だ。

声をかけられ目覚めたときには、記憶のいっさいを失っていた。氏名も年齢も住所も、どの土地のどんな家に誰と暮らしていたかもわからない。いわゆる記憶喪失というやつだ。

病院で何度も検査を受けた。しかし京の記憶喪失の原因は判明せず、またいつになっても記憶は戻らなかった。警察の捜査もあたりがなく身元も知れない。

過去が真っ白になってしまったおのれに当然混乱したし絶望もした。とはいえいつまでも膝《ひざ》を抱えて丸まっているわけにはいかないと、福祉の手を借り就籍して職に就いた。

医師の見立てによると発見時の京は十六歳ほどだろうとのことだったので、およそ一年後に戸籍を得る際、書類には十七歳と記した。正確なところは本人を含め誰にもわからないのだからそうするしかない。東野京という氏名も、当時身を寄せていた施設の職員が、東京で発見されたから、なんて適当な理由でつけてくれた仮のものをそのまま使っただけだ。

だから戸籍と呼べるものは一応存在しているし、ありがたいことに食えるだけの仕事もある。だとしてもこんな根無し草みたいな男はいってしまえば非正規品であり、とんだ厄介者だ。いまさら悲観などはしないが他人にお勧めはしない。必要以上の出会いなどはないほうがいいのだ。

酒を飲みつつしばらくは四人の同僚との会話につきあったあと、時間も時間だしそろそろ頃合いかと、頭の中でざっくりと計算した代金を五で割りその分の紙幣をテーブルに置いて立ちあがった。

「そろそろ帰るよ。おれの住まいは田舎だから終電が早いんだ。もしこれじゃ金が足りなかったら会社で請求してくれ」

お疲れ、じゃあまた来週と陽気に声をかけてくる四人に手を振りエレベーターで一階に下りた。七階から見下ろしたときには綺麗だと思った街は、いざ人混みに踏み込むとうるさくて汚くて下品な土地でしかない。とはいえ京はなぜかこの雑然とした空気が嫌いではなかった。

やめてください、という女性の声が聞こえてきたのは、居酒屋のあったビルから駅へ向かう近道の裏路地を歩いているときだった。

声がした横道へ視線をやると、ひとりの若い女性が四人の男に囲まれている様子が目に映った。どうやら酔っ払いに絡まれているらしい。見た限りおとなしそうな女性のようだから、自分と同じく近道を通ろうとして、たちの悪い男につかまり逃げられなくなってしまったのだろう。

「どうしました？」

横道へ足を踏み入れ声をかけると、一斉に彼らの視線が自分に向けられた。女性にちょっかいを出していた四人の男は、完全なヤクザ者でもなければ真面目《まじめ》な会社員でもない中途半端な出で立ちをしていた。この街で糊口《ここう》をしのいでいる、せいぜいが小悪党くらいのものか。年の頃は自分と同じほどだと思われる。

男たちの注意がそれている隙《すき》に、女性は慌てて彼らのあいだから逃げ出し京に一礼して走り去っていった。余程怖かったのか顔が真っ青になっている。

とりあえず、少なくともひとりは不本意な状況から抜け出せたのならいいかと、その背を見送っていたら、後ろから腕を引っぱられ振り向いたところを殴られた。腹だ。こうなると予想はしていたが、考えていた以上の力を込められたので、痛いと感じる前に単純に驚いた。

これは下手に抗《あらが》って刺激しないほうがいいかもしれない。のちのち余計面倒なことになりそうだ。

ある程度の受け身を取りつつ四人の男からの暴行を受け入れた。彼らも気がすめば獲物を放り出し唾《つば》でも吐いて去るだろう。殺人まで犯しておのれを危機に追い込む馬鹿がそうそういるはずはない。

しかし男たちは京をいたぶる行為になかなか飽きる様子がなかった。想定外だ。遠慮なく殴る蹴《け》るされさすがにそろそろきつくなってきて、助けを呼ぼうかと口を開きかけたらてのひらで雑に塞《ふさ》がれた。声も出ないどころかろくに呼吸もできない。

ようやく抗う手を上げかけても、息苦しさで頭がくらくらしてまともに力が入らなかった。十年前にこの街で発見されたときにはすでにあった、つまりはなぜ怪我《けが》をしたのかは覚えていない傷のあとが残る右肩を殴られ、この痛みをどこかで味わったことがある、と半ば朦朧《もうろう》としたまま考える。

徐々に意識が薄れていくのは自覚できた。散々な週末だ、頭の中で投げやりにそう呟《つぶや》き目を閉じて痛みと苦しさに身を任せる。まさか死にはしなかろうし、ならば次にどこで目覚めようが構うまい。

ふっと意識が蘇《よみがえ》るのと同時に、なにやら話をしている数人の男の声が聞こえてきた。そこで京はようやく自分が本当に、完全に気を失っていたのだと理解した。

暴行を受けた身体《からだ》のあちこちが痛い、とりわけ最初に殴られた腹がじくじくと疼《うず》く。見るからに地味な単なる会社員を意識が途切れるまで殴る蹴るして、まだしつこく因縁をつけようとあの男たちが自分を囲んでいるのか、とうんざりしながら重い瞼《まぶた》を上げたところで、しかし京はおのれの認識が間違っていることをはっきりと知らされた。

目に映ったのは見たことのない夜の景色だった。四、五階建てくらいだろうそこそこ背の高い建物の薄汚れた壁、奇妙な角度で上へ伸びる細い階段、それらを窓から洩れる淡い光が仄暗《ほのぐら》く照らし出している。どうやら自分はなんらかの建物の裏手、というより建物と建物の隙間にできた狭い道にひっくり返っているらしい。

意識を失った自分が、いままでいた裏路地とは違う場所で目覚めたのは明らかだ。そもそも肌で感じる空気がまず異なる。周囲には先ほどより濃い霧がかかっており、生ゴミの饐《す》えたようなにおいが漂っていて、また、壁の向こうから微《かす》かに耳に届く人々の声は野卑でいやに不穏だ。

なにより、自分を見下ろしている男たちが、先刻までこの身体を痛めつけていた半端者とは別人だった。人数は四人、同じであるのはそれだけで、ぎらつく鋭い眼光も装いも、滲《にじ》み出る雰囲気もまったく違う。

彼らは、いったいどれだけ着続けているのかずいぶんとくたびれた、年号をふたつばかりさかのぼったようなあまりにも時代遅れの服を着ていた。まるで戦後の貧乏人だ。そして、各々場所は違えども、みな顔のどこかに紋章のような幾何学模様の小さな痣《あざ》があった。

過去には見たことがないと思う。

ここはどこだ。この男たちは誰で、自分の身になにが起こっているんだ、と冷静に考える間もなく腰のあたりを踏みつけられて痛みに呻《うめ》いた。

「さっき追い払ったやつが言っていた通り、やっぱりどう考えても天選民《ティエンシユエンミン》だろう」

やめろと訴えたくても言葉にならず、かわりに首を左右に振る京を見て、男のひとりが低くそう言った。聞いたことのない単語が含まれた、京には意味のわからないセリフに、他の男が同意を示す。

「間違いないな。妙な格好をしてるし、なにせ痣がない。夜道に倒れてる天選民なんてはじめて見た、なぜこんなところにいるんだ？」

「さあ。見当もつかないが、これを捕らえておけばなにかに使えるんじゃないか。まあなんの役に立たなくても、なかなかの色男だから売春宿に売るくらいはできるだろ、天選民ならなおさらだ。いいようにいたぶってみたがるやつなんて山ほどいる」

男の口から発せられた、売春宿、というひと言に京が目を見開いたそのときに、いくらか離れた場所から「待て」という声が聞こえてきた。奇妙な階段の方向だ。

男たちと京がそろって視線を向けた先に立っていたのは、拳銃を右手に握った、少年といっても差し支えないだろう年代の男だった。四人の男と同様に時代遅れの服を着た、左の目尻《めじり》に痣のある彼は見る限り十五歳くらいだと思う。

こんな少年が銃を所持しているのはなぜだ、という疑念よりも、彼が男のひとりに銃口を向け歩み寄ってきて、いかにも強気にこう脅しつけたことのほうが意外だった。

「その男は天選民か。だったらおれに預けろ、おまえらが扱えるようなちゃちな存在じゃない。変に騒がないほうがいいぜ、おれの後ろにいるのは劉《リュウ》だ。敵に回す馬鹿はいないよな。死にたいか？」

大人の男、しかも四人を相手に大した度胸だ。少しの怖《お》じ気《け》もない口調とまったくぶれのない銃が少年の自信と強さを物語っている。それを察したのか発された言葉に気圧《けお》されたのか、あるいは単に銃を向けられては下手に動けないのか男たちのほうが怯《ひる》んでいるあいだに、少年は彼らに割って入り京の腕を掴《つか》んでやや強引に立ちあがらせた。

「おれについてきてくれ。早く」

「え……？　いや、君はそもそも何者だ」

「いいから。このあたりはたちの悪いやつらの巣だ、天選民が紛れ込んでるらしいって話が密かに広がりはじめてるし、これ以上厄介なやつに顔を見られる前にさっさと来てくれ。さあ、早く」

どこの誰か、以前に敵か味方かもわからない少年の指示にたじろいでいる京の手首を摑み、早く、とくり返して彼は階段の方向へ歩を進めた。踏みつけられていたところを助けられたのは確かなので、こうなるともう従うしかないかと、痛む身体に顔をしかめながら引っぱられるまま足早に少年についていく。

彼は、階段を避け背の高い建物に沿って少し歩いたのちに、建付けの悪い金属製の扉を開け京を連れて中に踏み入った。途端に、男たちに囲まれていたとき微かに聞こえていたざわめきが大きくなり、つい足が止まる。

扉の奥にはまるで知らない光景が広がっていた。仕切りのない広い空間は薄暗く、そこに男も女もなく人々がすし詰めになって座り込み、開いた扉に目を向けるものもいないほどなにかに夢中になっている。怒鳴り声や笑い声、酒のにおいが交じりあう猥雑《わいざつ》な空気が押し寄せてきて、頭からのみ込まれてしまうような感覚に囚《とら》われた。

彼らもまた、ついいましがた京を見下ろしていた四人の男や銃を持つ少年と同じく、時代遅れでくたびれた服を身につけており、顔には幾何学模様の痣があった。その姿と、場に充《み》ちる粗野な雰囲気に圧倒され、ここがどこで自分の身になにが起こっているのだかますますわからなくなる。繁華街で気を失ったあと妙な場所に運ばれた？　それともなんらかの事件に巻き込まれた？　混乱する頭で考えてもさっぱり見当がつかない。

「賭場《とば》だ」

閉じられた扉の前で立ち止まっていると、少年は小声でそう説明していくらか強く京の手を引き歩けと促した。

「ここは、昼間は学校に、夜は賭場になる。うるさいやつらに気づかれないうちにさっさと行こう」

「……賭場だと？　こんな薄暗いところでぎゅう詰めになって？　闇《やみ》か」

賭場、という言葉を聞き、一度は少年に向けた視線を薄暗い空間に戻すと、確かに人々の手に薄汚れたサイコロだのぼろぼろのカードだのが握られているのが認められた。無秩序にごちゃごちゃと集まっているのかと思ったが、よく見ると彼らは数人ずつのグループに分かれており、みな酒を片手に各々なんらかの賭《か》け事に興じているようだった。

規律もなにもない、目の前の勝負にしか興味がないといった様子の人々からは、どこか荒《すさ》んだ、あるいは歪《ゆが》んだ熱が発せられている。少年の言う通り賭場は賭場なのだとしても、テレビやインターネットで見たことがあるようなきらびやかなカジノなどとは正反対の、ずいぶんと物騒なうえに俗っぽくてきなくさい場所だ。

「闇？　この霧幻城《ウーファンチォン》に闇も闇じゃないもあるか。ほら、早くしろって」

なかなか足を踏み出せない京に焦《じ》れたのか、少年は僅《わず》かばかり語尾を荒らげて言い、今度こそ有無をいわさぬ力を込めて手首を引っぱった。抗おうと思えば抗えたにせよ、そうしたところで次になにをすればいいのかわからないし、いまは服に隠されている少年の銃で身体に穴を開けられるのも遠慮したいので、やはり彼についていくしかない。

強《こわ》ばる足をなんとか動かして少年に半ば引きずられるように、ひとひとり通るのがやっとといった狭い廊下を辿《たど》り、その先にある崩れかけた階段を上った。他の人間の姿を見ないのは、怪しげな賭場に集まりギャンブルにのめり込むものたちにとっては立ち入る必要のない通路だからということだと思う。

ぶり返してきた腹の鈍痛に眉《まゆ》をひそめつつ手を引かれるままに上った階段は、四階なのか五階なのか、古びたドアに突き当たったところで終わっていた。銃弾がいくつかめり込んでいるドアに怯みつい手を引っ込めようとしたら、少年に手首を摑み直され「怖がらないでくれ」と声をかけられた。

「おれを情報屋として雇ってる賭場の主に会わせたいだけだ、悪いようにはしない。というより、ここでおれが手を離せば悪いようにしかならない」

脅すのではなく言い聞かせる口調だったので、諦《あきら》め半分で腕から力を抜いた。確かにここで彼の手を振り払いひとり階段を駆け下りても辿りつくのは物騒な賭場だ、扉を開けて外に出てもまた妙な男に囲まれ踏みつけられるだけかもしれない、と思えば逃げ出す気も失せる。

少年はそんな京の様子を認めてひとつ頷《うなず》いてから、「仔空《シア》だ。入るぜ」と短く告げ返事は待たずにドアを開けた。抵抗は諦めたとはいえ当惑は隠せない京をまず中へと押し込み、そのあとに自らも入ってきて後ろ手にドアを閉める。

つんのめるように踏み込んだのはそう広くはない雑然とした部屋だった。中にいるのは四、五十代だろう男がひとりだけで、木の椅子《いす》に座り煙草《たばこ》をふかしている。どこからどう見ても穏やかでない、簡単にいうならクライム映画に出てくるチャイニーズマフィアみたいな雰囲気のある男だ。

傷だらけの机や棚に銃だのナイフだのが無造作に置かれているさまを目にして身体を強ばらせる京には構わず、先ほど仔空と名乗った少年が男に告げた。

「劉。聞いた通り天選民が賭場の裏で男に囲まれてた。痣がないから間違いない。あんたは天選民を探してるんだろ、こいつじゃないのか？　霧幻城に天選民が落っこちてることなんてそうそうないぜ。少なくともおれははじめて見た」

「天選民を探しているのはおれじゃなくて、白虎《びゃっこ》だ。顔形までは知らないが綺麗な男だと聞いているから、まあ間違いないんだろう。すぐに連絡を取る。権力者に貸しを作るのはなかなかいい気分だな」

劉、と呼ばれた男は灰皿に煙草を押し消して、机の片隅にある古めかしい電話機の受話器を取り、応答を待つ少しの間のあとなにやら話をしはじめた。地属民《ディシュミン》が、南地区の、男の口からはまた知らない単語が次々に出てくる。目覚めたのちずっとこの調子なものだからますます混乱した。

天選民、痣がない、幾度か耳にしたセリフより、彼らが自分をその天選民だとかいうものだと認識しているのはなんとなく把握できた。とはいえそれがなにを意味する言葉なのかは知らないし、そもそも、大勢の男女がすし詰めになって賭け事に興じるこの場所がどこであるのかがわからない。

言葉が通じる以上は日本か。しかしいくら賭場とはいえこんなに薄汚い建物が現代日本にあるとは信じがたい。大体みなの装いが見慣れないものであるし、顔に浮き出る紋章のごとき痣もまた見たことがなかった。彼らが持つ痣はなにかの印なのか、ペイントのようでも焼き印のようでもないがなんなのだろう。

「あんたは白虎を知っているか」

さほど時間をかけず受話器を戻した劉の目が改めてこちらに向き、そう問われたものだから慌てて首を横に振った。彼の剣呑《けんのん》な眼差《まなざ》しに覚えた怖じ気でいやな汗が滲む。

「知らない……。白虎ってのはなんだ。いや、それよりここはどこで、あんたたちは誰だ？　おれは酒を飲んだ帰り道にチンピラみたいなのに殴る蹴るされてみっともなく気を失っただけだ、目覚めたらここにひっくり返ってたんだ、なにもわからない」

「なにもわからない？　ここがどこだかもわからないのか？　妙だな」

劉は京の返事に眉をひそめ指先でおのが顎《あご》を撫《な》でた。頭の先からつま先までじっくりと観察されて今度こそ動けなくなる。

それを見て取ったのか、劉は「まあいい」と言い京から視線を外して新しい煙草に火をつけた。

「白虎が来ればあんたが探し人かどうかわかるだろう。それまで、とにかくおとなしくしていてくれ。仔空、おまえはどこかへ行け。別に代表者様にはじめましてとご挨拶《あいさつ》なんかしたくないよな、だったら邪魔になるだけだ」

「わかってる。おれみたいな可愛《かわい》げのないガキは代表者にとったら目障りだし、正直おれだって白虎が怖い。いい子によそで他の仕事をしてるよ」

劉のセリフに仔空は小さく溜息をつき、指示通りあっさりとドアを開け出ていった。広くはない部屋に劉とふたりきりになり、それまで以上の居心地の悪さが湧《わ》いて余計に落ち着かなくなる。

仔空が部屋を出ていってから劉はひと言も喋《しゃべ》らずただ煙草をふかしていた。怯《おび》えている京に気をつかっているのか単に口を開くのが面倒くさいのかは知らないが、ますます萎縮《いしゅく》してしまう。

　その沈黙がようやく破られたのは、十五分から二十分ほどたったころだった。ドアをノックする軽い音がして、それに続き低い男の声が聞こえてくる。

「私だ」

「ああ、白虎様のお出ましか。入ってくれ」

　劉が答えるのとほぼ同時にドアが開き、背の高い男が静かに部屋へ入ってきた。彼の姿を目にしてまずはじめにびっくりしたのは、その装いにだった。自分を踏みつけたものや賭場にいたものたちは時代遅れのくたびれた服を着ていたのに、彼は見るからに上等な刺《し》繍《しゅう》入りの生地で仕立てられた、丈の長い藍《あい》色のチャンパオを身につけている。他の人間とは違う立場にあるということか。

　次に、思わず目を奪われるほどに美しい男の顔立ち、身体つきに驚いた。背に流した漆黒の長髪も艶《つや》やかでまた美しい。他のもの同様、右目の下に幾何学模様の痣があるが、それすらも彼の美貌《びぼう》を引き立てているように感じられる。

　京より十歳ほどは年上、つまりは三十代半ばくらいに見えるその男は、最初から劉ではなく京をじっと見つめ、しばらく黙っていた。あまりにも遠慮ない真っ直《す》ぐな眼差しを向けられ、意味がわからないながらも緊張する。

　それから彼は他人が気づくか気づかないか程度の小さな吐息を洩らし、視線を劉に移してこう言った。

「間違いなく彼は私が探していたものだ。劉、感謝する。後日改めて礼はするが、今夜は取り急ぎ彼を引き取って塔に戻る」

「あんたに恩を売れて嬉《うれ》しいね。そいつを連れてさっさと消えてくれ、ここは街の代表者が長居する場所じゃあない。ああ、そうだ。その男、どうやらなにもわかっていないようだぞ」

「そうか。久方ぶりなのでしかたがない。では劉、引き続き夜の街をつつがなく取り仕切ってくれ、頼りにしている。万が一大きな問題が起これば、私はそれを君の責任であると考え、なんらかの対処をしなければならない。こうして借りもできた以上は避けたいものだ」

劉は男の言葉にわざとらしく紫煙を派手に吐き出し、椅子を回して机に片肘《かたひじ》をつきこちらへ背を見せた。用事がすんだならさっさと帰れ、という意味らしい。どうしたらいいのかわからず困惑していると、男の視線が戻ってきて「来なさい」と静かに告げられた。

従っていいのかいけないのか少しのあいだ迷ってから、おそるおそる足を踏み出し男に近寄った。仔空はおらず劉もそっぽを向いてしまったいま、他にどうすることもできないだろう。

それにこの男の眼差しは、鋭いながらもどこか優しい、ような気がする。

男は京の態度に満足したのか僅かばかり目を細め、こちらの背に手を添えて開けたドアから部屋を出るよう促した。踏みつけられたり手首を摑まれ引っぱり回されたりと、それまでなかなか雑に扱われてきたものだから、彼の紳士的な仕草に少し驚く。

ドアの外には二十代前半から半ばくらいだろう、左顎に痣のあるひとりの青年が立っていた。男同様にチャンパオを身につけてはいるものの、色合いは控えめで刺繍もないことから、おそらくは彼の配下、少なくとも身分が下のものだと推測された。

その証拠に青年は、京を連れて部屋を出た男に、今夜このうさんくさい場所で目覚めてからはじめて見る朗らかな笑みを浮かべ敬語で話しかけた。

「麗静《リージン》様。よかったです、本人でしたか。ずいぶんと不思議な服装をしてますけど、なるほど綺麗なひとですね」

麗静というのが男の名であることはわかった。先ほど劉は男をさし白虎様などと表現したが、多分、白虎というのは通称なのではないか。ここがどこなのであれ、伝説上の神獣の名を本名に持つものはさすがにいないと思う。

麗静、と呼ばれた男は軽く頷いて返し、先に行けというように青年へ片手を振ってみせた。それに従い青年が背を見せてから、今度は優しく京の肩を押し彼についていけと無言で指示する。

あんたは誰だ、どこへ行くんだ、訊《き》きたい疑問はたくさんあるのに、声を発さない麗静へ自分から問いかけることができなかった。声を荒らげなくとも腕を振りあげなくとも、彼にはそんな、どこか近寄りがたい雰囲気がある。

　青年、京、麗静の順で階段を下り廊下を辿って建物から出た。一階では相変わらず人々が騒いでいたが、みな賭け事に熱中しているようで、先と同じく開く扉にもそこから出ていく三人にも注意を払うものはいなかった。

「宇航《ユーハン》、なるべくひとのいない道を通るように。地属民の痣なきものを連れている以上はあまり他人に見られたくない」

　先刻よりますます濃くなった気がする霧の中、麗静がそう声をかけると、宇航という名らしい青年は一度振り返って「お任せください、誰にも会わない最短距離でさっさと白虎塔へ帰りましょう」と言い、また破顔した。どうやら明朗でひとなつこい男のようだ。先ほどから物騒なひとやものばかり目にしていたので、宇航の笑顔になんとなく気持ちが和らぐのを感じた。

　そのあとも、先に立つ宇航について歩くよう麗静に促され、他にはどうにもできずに従った。逃げ道を塞いでいるのではなく、京の前を宇航が、後ろを麗静が守っているということなのだろう。彼らからは、意識を取り戻したときに自分を囲んでいた男たちから滲み出ていたような悪意や敵意は少しも感じられない。

　仔空が、昼間は学校、夜は賭場と言っていた建物から離れてすぐに、宇航はひとがひとりふたりようやく通れるかといったほどの狭い裏道に足を踏み入れた。足もとは舗装されておらず土や小石がむき出しで、また、左右からは住居か店舗かわからない建物の壁や窓が迫ってくる、どうにも気持ちの悪い道だ。

こんな奇妙な感覚に囚われるのは建物が真っ直ぐではないためだ、と気づくまでにさほどの時間はかからなかった。団地というより蜂《はち》の巣と表現したほうがしっくりくる建物は、子どもが気まぐれに組みあげた積み木みたいに、微妙に幅や高さがずれている。

いわゆる違法建築か。おそらく、延々と続くこれらの建物は、限られた敷地に部屋を詰め込むため必要に応じて上へ、左右へとつけ足しつけ足しできあがったものなのだろう。だから、京が見慣れている街のビルのように計算された安定感がなく、いまにもどこかが崩れ落ちそうな不安を感じさせるのだ。

所々の窓から洩れる仄かな明かりを頼りに、足もとの危なっかしい道を三人無言のまま進んだ。宇航が先導する道が右へ左へと枝分かれをくり返していることから、このあたりにはこんなふうに建物の隙間を縫う規則性のない細道が、迷路のように広がっているのだろうと想像できた。

ひとけのない道を歩き少しは落ち着いたところで、ここはどこだ、という疑問が改めて湧きあがってきた。汚らしくて騒がしい賭場が開かれ、あたりを見回せば違法建築ばかりが目に映る。まるでスラム街だ。少なくとも京が知る限り現代日本にこんな土地はない。

ならばなぜ実際にこうした場所が存在している？　身体の痛みも聞こえる音も、においも感触もはっきりとした現実感を伴っているので、繁華街で殴る蹴るされひっくり返り夢を見ているだけというわけではないと思う。確かに自分はこのうさんくさい、奇妙な地にいるのだ。

なにもかもが信じられない、しかし信じるしかない。自分の身にいったいなにが起こっているのか、まったく理解ができない。

押し黙ったままああだこうだと考えながら、宇航のあとにつき狭い道を歩きはじめて十分くらいたったころか。進行方向にあまりにも場違いな、霧をまとう背の高いビルが現れたので、驚いた。

円柱形で三十階ほどはありそうなその建物のイメージは、ビルというよりは塔という表現のほうが相応しいかもしれない。窓が少ないのかきっちり遮光されているのかあまり明かりが見えず、夜の霧にひっそりと紛れていたため、足もとや周囲の様子に気を取られていた京にはまさに、いきなり現れたように感じられた。

住居とも店舗とも知れない部屋がごちゃごちゃと積み重なる土地に建つ、妙に近代的な外観の塔は、なんとも威圧的でかつ異様だった。土地の空気に合っていないというのではなく、汚い街を静かにじっと監視しているような印象を受ける。

曲がりくねった細道を迷いなく歩く宇航は、どうやらその塔へ向かっているようだった。

まさか彼らは自分をあんな場所へ連れていく気なのかと、つい足を止め後ろの麗静を振り返ると、京の心中を察したらしく彼が淡々と言った。

「あと十分ほどで白虎塔につく。いま朱雀《すざく》塔へ戻るのは危険だ、今夜は私のところにいなさい」

「……あそこに行くのか？」

声をかけられたのでこちらもようやく口を開き、不気味といっても間違いではない塔を指さして訊《たず》ねると、「そうだ」と当たり前のように答えられた。私のところ、と言うからには麗静はあの白虎塔とやらの持ち主なのか。この男はいったい何者なのだとさすがにびっくりし、そののちに、劉が彼をさし白虎と表現していたのは白虎塔の主だからなのかといくらか納得する。

彼の言葉通りそれからまた十分ほど迷路を歩いたところで、ぎっちりと両脇《りょうわき》に立ち並んでいた違法建築が、まるでナイフで切り取ったかのような唐突さで途切れた。そのいくらか開けた空間の奥に、見あげても霧で最上階が霞《かす》む、麗静曰《いわ》く白虎塔が堂々とそびえ立っていた。いざ目の前にすると、遠くからも見て取れた異様かつ物々しい雰囲気を余計に強く感じ、どうにも圧倒されてしまう。

塔の入り口は、余程のことがない限りは破られそうにないコンクリートの扉で塞がれており、宇航が扉横のセンサーを見つめボタンを押すと音を立てて左右に開いた。虹彩《こうさい》認証装置を導入しているらしい。スラム街のごとき土地にある塔がそんなもので管理されているとは少々意外に思った。

ここでも宇航が先に立って塔に入ったのは、害をなすものが建物内に潜入しているといった万が一の危険から麗静を守るためではないか。それだけではないのだとしても、彼は麗静の護衛の役割を担っているようだ。

塔の中は隅々まで磨きあげられた、シンプルで洗練されたホテルのような造りになっていた。麗静を見て頭を下げた、入り口横に立っている体格のよい男の顔にも、やはり幾何学模様の痣がある。黒のカンフー服を着ているので、おそらくは腕の立つ守衛といったところだろう。

「今夜はもう誰が訪れても塔には入れなくていい。扉を完全にロックして、君も少し休みなさい」

麗静が声をかけると男はさらに深く頭を下げ「はい、ありがとうございます」と答えた。先にも考えたようにこの塔の主は麗静なのだろうし、ならば彼は事実権力があるということになるが、それにしてもずいぶんと自然に権力者としてふるまうのだなと半ば感心する。ただ偉そうなのではなく、他人へのあたりに余裕があるのだ。三十代半ばくらいに見えるのに、その若さでこの風格を身につけられるのは素直に大したものだと思う。

そのあと廊下で、またエレベーターの前ですれ違った配下たちも、麗静に対して従順で折り目正しい態度を示した。賭場の上階で煙草をふかしていた劉はさておき、宇航のようにひとなつこく、麗静に対しても物怖じしない人物は他にいない。つまり宇航はそれだけ主《あるじ》に近い場所にあるものということなのだろう。

塔にいる配下は職務によって二種類に分けられるのか、おとなしい色合いのチャンパオやチーパオを着たものと、チャイナボタンのあしらわれた真っ白なシャツに黒のボトムを身につけているものがいた。前者は宇航のように麗静に近しい、すなわちそれなりに立場が上の人間で、後者は使用人か。説明されたわけではないので断定はできないがおそらくはそんなところだ。

しかし、京の姿を目にしても誰ひとりとして露骨に驚いたり警戒したりする様子を見せないのはなぜなのか。主が誰かを連れ帰るというのは事前に予想されていた？　麗静をはじめとしたものたちがなにをどこまで把握しているのかさっぱりわからない。

エレベーターに宇航と麗静、京で乗り込み最上階の三十階まで上った。到着を告げる軽い音と同時に開いた扉から、まず宇航が「ちょっと見回りしてきます」と言ってひとりで廊下に出ていき、異常がないことを確認したのち京と麗静にエレベーターから降りるよう促した。

「では、おやすみなさい。なにかあったらすぐに呼んでくださいね」

扉から廊下に出た京、麗静と入れかわって自身はエレベーターへ戻り、にっこり笑ってそう告げ宇航は扉を閉めた。ついぽかんとしてエレベーターのランプが二十九階、二十八階と下りていくのを見つめてしまう。

想定外のタイミングでいきなり正体不明の美形とふたりきりにされた。こうした場面ではいったいどういう態度を取ればいいのか。あんたは何者なんだ、ここはどこなんだ、なにから切り出すべきかと下降していくエレベーターのランプを睨《にら》みながら悩んでいると、背中から急に抱きしめられたので驚愕《きょうがく》のあまり硬直した。

なんだ。なにが起こっている？　今度こそ完全に意味がわからない。

「廉《レン》。会いたかった」

さらには麗静からどこか切なげにそう囁《ささや》かれてますます混乱した。廉。廉とは誰だ。この男は自分が廉とかいう人物であると勘違いしているのか、つまりは人違いで自分はここへ連れてこられたのか？

最初は壊れ物でも包み込むかのごとくやわらかだった抱擁に、次第に力が込められていくのはわかった。相手をどうこうしたいというより単純にいま麗静の心には、京を、ではなく廉だと思い込んでいる男を抱きしめる腕の強さを緩められないほどの熱情があふれているのだろう。耳もとに聞こえた感極まったような深い吐息でそれもわかった。

いかにも冷静沈着に見える男の意外な行動への驚きも相まって、余計に身体が固まってしまう。なにか言おうと唇を開いたはいいものの言葉はなにひとつ出てこない。なにせ状況がまったく理解できないのだ。

とはいえこのまま放っておいたらいつまでも抱きしめられたままだと、しばらく迷ったあと敬称は省き、掠《かす》れた声でどうにかこうにかはじめて彼の名を呼んだ。

「麗静。苦しい」

麗静は京の言葉で我に返ったのかすぐに両腕を離した。切羽詰まったような抱擁から解放されようやくほっと肩から力が抜ける。その京の手を取り麗静は「すまない。とりあえず部屋へ行こう」と声をかけ、先に立って歩き出した。

ここで逆らうのもおかしいかと、エレベーターを中心にぐるりと円を描いているらしい廊下を、彼に手を引かれて歩いた。先刻すぐに下の階へと戻っていった宇航の態度を見る限り、おそらくこの最上階すべてが麗静のプライベートエリアなのだと思う。

連れていかれたのはリビングルームのようだった。一対のソファとそのあいだのローテーブル、酒瓶や何冊かの本が並べられた棚、それくらいしか家具がない、品はよいながらもいやにシンプルな広い一室だ。

促されておそるおそるソファに座ると、向かいに腰かけた麗静がすぐに身を乗り出してきて京の左手を掴んだ。ぐいと引っぱられて抗う前に、今度は指先にそっとキスをされて目を白黒させてしまう。

「帰ってきてくれてありがとう、廉。ずっと待っていた。どこをどれだけ探しても見つからなかったが、君なら戻ってきてくれると信じていた」

切実な声で告げられ手を引っ込められなくなった。帰ってきた？　待っていた？　要するに廉とやらは現在行方不明にでもなっていて、麗静はその人物の居場所をずっと捜索していたということか。彼にとって廉なるものは、抱きしめたりこうして指にくちづけをしたりする対象となる存在なのかと目の前の美貌をついまじまじと見つめる。

漆黒の髪を背に流した男は、明るい照明のもとで改めて目にすると見蕩《みと》れるほどに美しかった。切れ長の目だとか眉の角度、薄い唇だとかシャープな骨格にやわらかみはなく、印象としては研いだ刃物のように鋭利で冷たい。

しかしこうして自分の指先に二度、三度とキスをしている姿は妙に情熱的だ。よろこびに震える心のうちまでうかがえるような顔をしている。

それはつまり彼が自分を、こんな表情を浮かべるほど大事な男である廉だと勘違いしているからだ。

麗静はしばらくのあいだ無言で、まるで愛《いと》おしいものを手放すまいとするかのように京の左手を握ってから、名残惜しそうな目をしてようやくてのひらを離し静かに話しはじめた。

「君が消えてしまったあとも、この街、霧幻城自体は大きく変わっていないのでその点については安心していい。しかし代表者たちの立ち位置はいくらか変化している。まず初代朱雀だ。彼は息子である君に朱雀の椅子を任せると言い残し亡くなった。最後に会えなかったのは残念だが、彼は君の無事を願っていたと伝えておこう。それから」

「ちょっと……、ちょっと待ってくれ」

人違いであるのだから当然麗静がなにを言っているのだかさっぱりわからず、半ば無理やり口を挟んだ。

「麗静、あんたは勘違いしてるみたいだが、おれは廉って名前じゃない。東野京だ。もうずっとそう名乗っているし戸籍もある」

今度は麗静が、おのれのほうこそ京の言い分が理解できないというように目を瞬《しばた》かせたので、確かに自分も大概説明不足だと言葉を続けた。

「だから、人違いだ。おれはあんたが探している廉ってやつじゃないよ。そもそもここがどこだかわからないんだ、都内の居酒屋で同僚と飲んだ帰り道に気を失って、目が覚めたらあの賭場の裏にいた。見たこともない場所だ」

「つまり君は失踪《しっそう》して以降、ここではない土地で違う名を使い暮らしていて、この街がどのような場所であるか覚えていないということか」

「覚えていないというより、もとから知らないんだよ。おれはあんたの探している廉じゃないんだ、別人だ」

京の主張を聞き麗静は微かに眉根を寄せ、低い声でこう問うた。

「私のことも覚えていないと？」

「……あんたのことも知らない」

面と向かって存じあげませんと答えるのも気が引けたが、麗静が勘違いをしているのならさっさと誤解を解いたほうが互いのためかと正直に告げた。彼は難しげな顔をして「十年も前のことだから忘れているのか？」と独《ひと》り言《ご》ちてから少しのあいだ黙り、そののちに改めて口を開いた。

必要最低限にとどめたのだろう彼の説明によると、この場所は霧幻城と呼ばれる街で、四人の代表者が東西南北に区切った地区を各々治めているのだという。彼らは青龍《せいりゅう》、白虎、朱雀、玄武《げんぶ》という通名を持ち、麗静はその中で白虎を名乗る代表者のひとりであるそうだ。代表者たちは各地区の端に建てられた塔に住んでおり、そこで働く配下以外からは通名、つまり麗静であれば白虎と呼ばれているらしい。

失踪した廉もまた代表者のひとり、朱雀と称するべき存在だが、行方不明になっているためその席は空いたままだった。

「しかし君が戻ったのであれば朱雀の席が埋まる。私はずっと君が帰ってくるのを待っていた。霧幻城の権力図がどうこうというよりもただ、君の顔を見て声を聞いて、抱きしめたかった。毎日、毎日、君のことを考えていた」

先ほどから何度か聞いていた知らない単語のいくつかは意味がわかったものの、自分の置かれている状況は理解し切れず今度は京が眉をひそめた。人違いだ、別人だと申し述べてもちっとも聞き入れてもらえないほどに、自分はその朱雀たるべき男に似ているのか。そんな要素を持つ自分がいまここにいるのにはなにかわけがあるのか？　大体、繁華街の裏路地にいたはずの自分が、どうやってこの霧幻城とやらに来たのだろう。

おそらく、というより確実に麗静は廉に惚《ほ》れているのだ。いきなり抱きしめたり指にキスをしたりいやに熱いセリフを聞かせたり、それらの行為の向こうにある感情が恋慕以外であるはずがない。

同性愛者であるのかそんなものは超越しているのかは知らないが、この男は廉にめろめろだ。しかし自分は、似てはいるのだとしても彼が毎日毎日考えていた廉ではない。

物騒な賭場から、少なくとも安全ではありそうな塔へ連れてきてもらった以上は無下にもできない。とはいえ自分は麗静の思っている男とは違うただの会社員なのだし、廉であるふりをしてやるのも逆に失礼だ。それをこの男に傷を与えずわからせるにはどうすればいいのか。

腕を組んで唸《うな》っている京の姿を見てなにを感じたのか、麗静は「とりあえず難しいことは置こう。そう悩まないでくれ」と言ってソファから立ちあがった。

「急にあれこれ言っても君は混乱するだろう。それよりもまずは傷の手当てをしなくては。薬を取ってくるので少し待っていなさい」

静かに部屋から出ていく麗静の言葉に、そういえば都内の繁華街の裏路地で四人の男から暴行を受けたうえ、賭場の裏でも腰を踏みつけられたのだったと改めて思い出した。途端に、すっかり忘れていた痛みが身体のあちこちに蘇る。

ちりちりと熱を持っている首に手をやると指先に血がつき、それでようやく自分が怪我をしているのだと自覚した。あれだけ殴る蹴るされたのだから当然といえば当然か。見たこともない土地で目覚め、さらにはこんな塔に連れてこられて困惑していたものだから、いつのまにか意識から薄れていた。

ひとつ小さな溜息をついて血のついた指をもう片方の手でごしごしと擦《こす》り、ソファから腰を上げた。ひとりきりの部屋で窓際に立ち外を眺めると、霧のかかった夜なのでよくは見えないが、確かに、この白虎塔と同じほどの高さがある建物が正方形の点を打つように三棟そびえ立っているのがなんとかぼんやりと認められた。隣の塔までは大体ひと駅分くらい、つまりおおよそ二キロメートルほどは距離がありそうだ。

要するにあれらがここ同様、麗静イコール白虎のような地区を治める代表者が住まう、青龍、玄武、それからいまは主のいない朱雀の塔で、各々霧幻城の東西南北の端に建っているということだろう。

霧のため見えるのはせいぜいそこまでで、塔に囲まれた正方形の外にどのような世界が広がっているのかは目視では確認できなかった。平地が続いているのか山が連なっているのか谷底へ落っこちる崖《がけ》になっているのかすらわからない。

十分ほどたったころ、麗静は木の箱と着替えらしい服を持って部屋へ戻ってきた。京を促してソファに並んで座り、ローテーブルに置いた木の箱を開ける。ガーゼや包帯、薬瓶等が入っているので救急箱なのだと知れた。

「少し痛いかもしれないが、我慢してくれ」

ピンセットで摘《つ》まみ消毒液を浸した脱脂綿で首をなぞられて、ついぴくりと肩が揺れた。確かに少し、ではなく結構しみる。麗静は空いた左手で優しく京の頰《ほお》を撫で「顔に傷がないのはさいわいか、せっかくの天選民の血だ」と先から幾度も聞いた意味のわからない単語を口に出して、いったん脱脂綿をトレーに置きこう続けた。

「廉。服をはだけてくれないか。この分だと身体にも怪我をしているだろう」

一瞬ためらってから素直にネクタイを解き、ジャケットを脱ぎ捨ててシャツのボタンを開け肩から落とした。この男は自分を廉だと思い込んでいる、そして廉に惚れている、そこには性的な欲望も含まれるのかもしれない。としても、素肌をさらした途端にいきなり襲いかかってくるような男には見えないので問題あるまい。

麗静は服を脱いだ京に、瞬《まばた》きも忘れたように見入っていた。右肩を凝視しているから、生傷に驚いただとか劣情を覚えただとかではなく、単にそこにある古い傷あとになんらかの意味を見出したのだと思う。

その通り麗静は傷あとに左手を伸ばしかけ、しかし触れはせずにただ小さく「君は間違いなく私の愛する廉だ」と呟いた。それからはなにを言うでもなく黙ったまま、服越しにも布が擦れたのか本人も知らぬうちに負っていた腕や背、腹部のすり傷を丁寧に手当てし、最後に、京が自ら脱いだシャツを着せてくれた。

使い終えた救急箱を片づけたのち、麗静は先ほど持ってきた服を片手に京を連れリビングルームから出て、エレベーターを挟み反対側にある一室に案内した。彼に促されて足を踏み入れた部屋はベッドルームらしく、馬鹿みたいに大きなベッドとチェスト、クローゼット、窓際には籐《とう》の椅子がある。

麗静は手にしていた服を差し出し、受け取った京が避《よ》けようと思う前にそっと髪を撫でて言った。

「今日はもう寝るといい。これに着替えなさい、スリッパはクローゼットの中にある。君が身につけている服や靴は汚れているから、かわりになるものを明日までに用意しておこう」

「……なあ、麗静。おれはあんたの愛する廉じゃないぞ」

「君は廉だ。しかしいまは考えなくていい。とりあえずはなにも心配せず眠りなさい、疲れた顔をしている。私はまだ少し仕事が残っているのでひとりにしてしまうが、リビングルームにいるからなにかあったら呼んでくれ。おやすみ」

告げられた言葉にかえって困り眉根を寄せている京の額に軽くキスをして、麗静はあっさりとベッドルームのドアを閉めた。遠のく足音を聞きながら、去る間際に彼がちらと浮かべた複雑な表情を思い返してますます困惑する。

仕事が残っているというのは嘘《うそ》か単なる言い訳だろう。麗静はきっと廉、だと信じ込んでいる男ともっと一緒にいたいはずだ。だが、相手にひとりで休める時間を与えるのと同時に、自身にも落ち着く時間が必要だと彼は判断したのだと思う。

麗静にとって廉という名の男は極めて大切な存在なのだ。恋人だったのか。あるいは横恋慕していたのか？　しかしどうあれそれは、こんな場所があるなんて知らなかった単なる会社員である自分のことではない。そう考えたら、勘違いで優しくしてくれる彼に対してなんだか申し訳ないような気持ちになった。

他にできることもないのでまずは言われた通りにしようと、着ていたシャツやスラックスを雑に脱ぎチェストの上へ放った。麗静から渡された、チャイナボタンのあしらわれたナイトウェアを着てその上にガウンをはおり、革靴も放り出してクローゼットの中に見つけたスリッパを引っかける。

そういえば、賭場に集まっていた人々はみな時代遅れのくたびれた服を、そしてこの塔にいるものはチャンパオやチーパオ、カンフー服だとか、チャイナボタンのついたシャツを着ていたなとなんとなく思い起こした。街の人間とそれを治めるものたちで装いが違うということなのだろうが、どちらの格好にせよ少なくとも現在の日本ではそうそう目にしない。

いまはいつで、ここはどこなのだ。ひとりきりになりようやく混乱も収まってきた頭でいまさらながらに考えた。服装のみならずひとや土地の名前、スラムのごとき汚い街、今夜知ったそれらは明らかに現代日本のものではない。

おかしい、なにかがおかしい、さすがにそれは理解できた。いま自分の身には常識では説明できない奇妙な出来事が起こっている。

しばらく立ったままああだこうだと思案し、それから窓際にある籐の椅子に座って眼下を眺めた。三十階の高さにある整えられた部屋にいると、生ゴミの饐えたにおいが漂う不潔で不穏な街は、まさに下界と表現しても不自然ではないように感じられる。

霧がかかっているためはっきりとは認められないが、霧幻城とやらは京が先ほど目にしたような違法建築がみっしりと詰め込まれた街であるらしく、一種異様な光景を呈していた。きちんとした区画で仕切られ真っ直ぐに伸びるビルが並ぶ、京の見慣れた整然とした街とは正反対で、計算もなにもないその場しのぎを重ねて形成された危なっかしい玩具《おもちゃ》の山のごとき外観をしている。

異世界、という単語が頭に浮かんだ。

それ以外にどう言い表せばいいのかわからない。ここは異世界だ。京の知る限り日本にも中華圏にも霧幻城などという場所は存在しないし、似たようなスラム街があったとしてももっとずっと狭いだろう。なにより、少なくともこうした塔はないと思う。

そして、こんな言葉は小説だか映画だかみたいで使いたくはないが、自分は現代日本からこの異世界に、つまりはトリップしたのではないか。

夢物語か御伽話《おとぎばなし》のようでにわかには信じがたい。とはいえ先にも考えた通り、聞こえる音や目に映るひとやもの、感触やにおいにも否定しようのない現実感があったし、この身体を抱きしめ指先や額にキスをした男だって夢幻のごとく儚《はかな》いものではなかった。実際にそばにいて呼吸をしたり喋ったり、また触れれば体温を感じる、人間だ。

都内の繁華街の裏路地で暴行を受け意識が遠のいた。それからなぜ、どうやってこの異世界へトリップしたのかは皆目わからない。しかし、トリップした、ということ自体は事実だろう。こうなるともう認めざるをえない。

と、そこまで考えたところで、なんだかふっと力が抜けた。そうか、自分はいまあのどこかすわりの悪い、居場所のない世界にはいないのか。そんなことを実感するのと同時に、肌の上でなにかがぱちぱちと弾《はじ》けるような予期しない感情が湧きあがってきて自分にびっくりする。

ほっとしているのか。嬉しいのか。それから、わくわくしているのか？

確かにおかしな話だが、自分を愛する廉だと信じ込んでいる麗静の態度を見る限り、是非はともかくどうやら当面生活の心配はしなくていいようだし、うさんくさい賭場が開かれたり建物は総じて奇妙な形をしていたりとルールもなにもないこの場所ならば、自分が自分らしくあるためにすべてを解放できるかもしれない。十年前、なにも持たずに目覚めて以降生きるために必死でルールと他人に合わせてきた自分でも、自由になれるのではないか。

息苦しい現実世界で、所詮《しょせん》根無し草だからと大した自己主張もせず愛想笑いをしているより、この異世界にいたほうが余程面白そうだ。

わけのわからないなりゆきに半ば開き直ってこんなふうに感じるのは、猥雑な賭場からおのが住まう塔まで自分を連れてきて、廉だと勘違いしたまま抱きしめた麗静に対して不誠実だろうか。閉まるドアの隙間に見た彼の複雑な表情を思い出し、そこで少しばかり胸が痛んだ。

自由になれる、面白そうだ、自分にとってはそうした現象でも、彼にしてみればようやく見つけた愛するものがおのれを忘れてしまっているという悲劇に他ならないだろう。自分は彼が求めている廉ではない、しかし彼にはそれが理解できないのだからそういうことになる。

籐の椅子に座り霧に霞む街を見下ろしながらしばらく思案し、次に取るべき行動を決めて立ちあがった。ベッドルームを出てエレベーターのまわりをぐるりと囲む廊下を歩き、先ほど通されたリビングルームのドアをノックする。

すぐにドアを開けてくれた麗静は、ちらと部屋の中を覗《のぞ》いた限り、京には仕事が残っているのでと言っていたのに仕事をしていた様子はなかった。やはり嘘か言い訳だったらしい。

「廉、どうした？　眠れないのか」

優しく声をかけられて、彼は本当に自分、ではなく人違いをするほど自分に似ているのだろう廉のことが好きなのだなと感じた。この優しさは本来自分が受け取っていいものではないのだと考えると、先刻と同じように少しの申し訳なさが湧いたが、それを頭の中から追い出して彼に答える。

「あんたも来いよ。おれに寝床を明け渡してどこで眠るんだ？　あんなに広いベッドならふたりで一緒に寝てもはみ出さないだろ」

「……私が君にどのような感情を抱いているか知っていて言っているのか？　怖くはないのか」

京の誘いに麗静は僅かばかり悩ましげな顔をしてそう問うた。鋭利な刃物のごとき印象の男でも、惚れた人間を前にすればそんな人間くさい表情もするらしい。

ここであぁだこうだと言いあっても意味がないので京から麗静の手首を掴み、「あんたならおれが怖がるようなことはしないよ」と返して部屋から引っぱり出し廊下を先に歩いた。ベッドルームに連れ込んでドアを閉め、改めて向かいあいじっと麗静を見る。

「おれはあんたにひどいことをしているのかもしれない。申し訳ないが、おれはあんたの大事な廉じゃない。それでも追い出さないのか？」

心に芽生えた引っかかりを声にすると、京の言葉が予想外だったのか麗静は幾度か目を瞬かせた。それから困ったような、しかし確かな熱情を宿す眼差しで真っ直ぐに京を見つめて答えた。

「私は君をもう二度と離さない」

こちらの意図が伝わっているのかいないのかわからない微妙な返答だ。というより多分伝わっていない。それでも言いたいことは言ったのでこれ以上は彼を追い詰めるだけかとひとつ頷いて返すにとどめた。

ベッドを指さし「あんたも着替えて、一緒に寝よう」と促すと、麗静は京の見ている前であっさりとチャンパオを脱ぎ、クローゼットから取り出した自身のナイトウェアを着た。

他人の目があることなどは少しも気にしていない彼の様子に京のほうがなんだか気恥ずかしくなり、しなやかな筋肉をまとう美しい裸体からつい視線を外す。

ふたりで横たわってもベッドにはまだ充分に余裕があった。自分の住まう安アパートに敷きっぱなしになっている煎餅《せんべい》布団とはまったく違う、マットレスのほどよい弾力と羽毛布団の心地よさに力が抜けほっと吐息が洩れる。

「抱きしめてもいいか」

うとうとしはじめたころに麗静からそう訊ねられたので、「いまさらだろ」と半ば夢の中で答えた。するとすぐに彼の腕が伸びてきて、エレベーター前でそうされたときとは違い今度は正面からそっと抱き寄せられた。

あたたかい。ほとんど無意識に頰を彼の首や肩に擦りつけると、麗静に優しく髪を撫でられた。香水をつけているようでもないのに、なんだかこの男はいやにいいにおいがすると夢うつつに思う。

「おやすみ、廉」

彼はさほど腕に力を込めず、真綿で包むように京を抱き寄せたままそう囁いた。快い彼の体温にうっとりしながら頷き、自分がちゃんとおやすみと返せたのかさえ定かでないまま眠りに落ちた。

ふっと目が覚めた翌日、しばらく自分がどこにいるのだかわからなかった。

知らない天井に知らないベッド、漂う空気のにおいもいつもと違う。上下の瞼がくっつきそうになる目を擦りつつ半ば寝ぼけたまま周囲を見回すと、窓際にある籐の椅子に座り書類らしき紙の束をめくっている髪の長い男の姿が目に入った。

そこでようやく昨夜《ゆうべ》の出来事を、はっきりと思い出した。

繁華街の裏路地で酔っ払いに殴る蹴るされ意識が遠のき、気づいたらこの街にいた。怪しげな賭場の裏で四人の男に囲まれているところを仔空という名の少年に助けられて、その雇い主であるらしい劉の伝手《つて》で麗静に引きあわされた。それから麗静の持つ白虎塔に連れてこられ、行方不明になっている廉だと勘違いされたまま抱きしめられて指先にキスをされた。

にわかには信じがたいが、小説か映画のごとく自分は異世界にトリップしたのだと認識した。十年間肩身の狭い生活をしてきたから、これで自由になれる、面白そうだと開き直って考えた。

それから、そんなふうに思うおのれにちょっとした罪悪感を覚えた。別人であるのに、自分を愛する廉だと信じ込んでいる麗静に対して、申し訳ないことをしているのではないか。

「おはよう、廉」

もそもそと掛け布団を押しのけベッドの上に座った京に、椅子に腰かけたまま麗静が声をかけてきた。彼がリビングルームではなくベッドルームにいるのは、京が起きるのを待っていたからだと思う。

「疲れていたんだな、よく眠っていた。まずはシャワーを浴びて着替えなさい。そのあとで昼食にしよう、もう正午近くだ」

「おはよう……。悪い、寝すぎた」

「いや。それだけ安心してくれたのならば私は嬉しいよ」

椅子から腰を上げクローゼットを開ける麗静は先にシャワーを浴びたらしく、長い黒髪は毛先まで少しの乱れもなく真っ直ぐで、昨日と似たような丈の長いチャンパオを身につけていた。濃い紫色の生地に上品な銀糸の刺繍が施されているその服は、麗静のまとうシャープな印象によく似合っている。

渡された服と靴を手にベッドルームを出て、案内された広いバスルームでシャワーを浴びた。あたたかい湯を頭からかぶり全身を洗ってようやくはっきりと目が覚める。わけのわからない状況に置かれているというのに妙に気分がいいのは、解放感からなのか、あるいは誰かにかつてなく大事に扱われているせいなのかはわからない。

麗静が京のために用意した服は、彼と同様刺繍の入った丈の長いチャンパオだった。綺麗な翡翠《ひすい》色だ。見る限り新品なので、おそらくは京が寝ているあいだに配下に指示し、サイズの合いそうなものを見つくろっておいてくれたのだろう。
慣れない服をなんとか身にまとい、これもまた新品の靴を履いてバスルームをあとにし
リビングルームのドアを叩《たた》いたら、すぐに部屋から出てきた麗静にダイニングルームへ連
れていかれた。廊下を歩くあいだに聞かされたところによると、昨日も思ったように塔の
最上階は麗静のプライベートエリアになっていて、リビングルーム、ベッドルーム、バス
ルーム、ダイニングルーム、あとは私的な書庫と倉庫があるらしい。
ダイニングルームで丸テーブルを挟み向かいあわせで椅子に座ると、真っ白なシャツを
着た使用人がタイミングよく現れ食事を並べてくれた。衣食住に不自由はないにせよ決し
て金のあるほうでもない京にとっては縁のない待遇で、どうふるまえばいいのかにいささ
か悩む。
麗静は昼食の準備を終えた使用人に「ありがとう」と声をかけて下がらせ、ふたりきり
になったダイニングルームで京を正面から見つめ穏やかに言った。
「食べなさい。朝食をとっていないのでなるべく胃に優しい料理を用意させたが、多いよ
うなら残せばいいし、足りなければ追加でなにか作らせよう」
「……ありがとう。おれはなにもしてないのに、あれこれ世話になってなんだか申し訳な
い。もしおれにできることがあったら言いつけてくれよ」
「君はまず生きていてくれればそれでいい。私にとって君の命は自身の命よりも尊く愛お

しいものだ。なにかしたいというのならば、私とともにこの街にいてくれ、もう二度と私の前から消えてしまわないでくれ」

聞いているほうが痒《かゆ》くなりそうなセリフを口に出し、そののちに麗静は片手で食べろと京に促した。はいともいいえとも答えられず、ただ「いただきます」とだけ言ってスプーンを手に取る。

テーブルに並んだのは豚肉とピータンが入った中華粥《がゆ》と小籠包《しょうろんぽう》、サラダだった。いくら異世界とはいえ珍妙な料理は出てこないらしいことにはほっとする。

朝食がわりのシンプルな昼食はおいしかった。穏やかな味つけは、なるべく胃に優しい料理を、という麗静の言葉通り京を気づかったものなのだろう。昨夜安居酒屋で唐揚げだの串《くし》カツだの脂っこいものばかり食べていたせいか、さほど腹は減っていなかったはずなのに、気がついたら無言で完食していた。

麗静はほぼ同時に食事を終え、皿を空にした京に満足したのか優しく目を細めた。ものを食べてみせただけでそんな顔をするなんて、この男は彼の言う廉とやらに惚れている、というよりもっと強く、溺愛《できあい》しているのだろうなと思った。

まず生きていてくれればそれでいいと告げ、食事をとればよろこぶ。そこまで誰かを愛した経験などないので、彼の気持ちを想像しようにも想像し切れなかったし、また、そうも強くひとを思える麗静を、そして思ってもらえる廉という名の男のことを少し羨《うらや》ましく感じた。

使用人を呼び食器を片づけさせたあと、ふたりで中国茶を飲んだ。茶壺《ちゃつぼ》だとか茶杯、茶海だとか言われても使用方法がわからず困っていると、察したらしく麗静が慣れた手つきでふたり分の茶を淹《い》れてくれた。

言われるままに茶杯を傾けながら、こんなことを訊くのは失礼にあたるのかといくらかのあいだ黙って考えたのち、わからないままもやもやしていてもしかたがないと思い切って問うた。

「なあ麗静。あんたの右目の下にある、模様？　痣か？　その、不思議な形の紋みたいなのはなんだ。昨日今日出会ったひと全員の顔にあった」

麗静は京の言葉に二、三度目を瞬かせ、「それも覚えていないか」と呟いてから、感情をうかがわせない静かな声で答えた。

「この痣は地属民の血筋にある人間が生まれつき持つものだ。この痣があるか、ないかで、地属民と天選民が区別される。君は天選民の血筋なので痣はない」

「そう、その地属民とか天選民とかいうのはなんだ？」

昨日から幾度か耳にした知らない言葉に首を傾げて訊ねたら、麗静は少しのあいだなにかしら考えているのだろう間を置いてから、やはり淡々とした口調で説明した。

彼によると、この世界では血筋によりひとは二種類に分けられているのだという。それが地属民と天選民だ。地属民の痣を持つものは、場合によれば最低限の生活を送るのもままならない貧困な地、すなわち地属界《ディシユジェ》で暮らすことしか許されない。

「なぜだ？　そもそも、ここが地属民が住む地属界とやらなら、天選民ってのはどこにいるんだ」

「天選民は通常、地属界よりはるかに標高の高い土地に広がる天選界《ティエンシユエンジェ》で生活している。霧深い霧幻城からは目視できないが、地属界に点在する他の街からは存在が認められるらしい。天選界は霧幻城をはじめとする地属界の街とは異なり、文明が発達した恵まれた地だ。とはいえ私は当然、実際の天選界を見たことはない。伝聞だよ」

「見たことはないって、どうして？　文明が発達してるならここより便利だろ、さっさとそっちに行けばいいじゃないか」

特に深い意味もなくただ思ったままを口に出したら、表情も変えない麗静からあっさり「天選界に行けば我々は死ぬのでね」と返された。死ぬ、という物騒なひと言に思わずぎょっと目を見開くと、その反応を見て京が本当になにもわかっていないことを察したらしく麗静が続けた。

「地属民の痣は、酸素分圧の低い場所にとどまると徐々に全身へ広がっていき、そこから皮膚が壊死《えし》していずれひとを死に至らしめるそうだ。標高が高い、つまりは酸素分圧の低い天選界では、我々は生きていけない。血中酸素飽和度の問題なのか単純に気圧に反応しているのか、痣が広がる理由がわかっていないので対処のしようもない」

「……あんたたちにはどうしてそんな痣があるんだ？　血筋といったって、猿の時代から天選民と地属民に分かれてたわけじゃないだろ」

想像しなかった絶対的で残酷な現実を教えられ、つい眉をひそめて訊ねると、麗静はひと口茶を飲んでから答えた。

「この痣は、はるかむかしに天選界でとある感染症が流行した際に生じたものだと聞かされた。過去のことなので詳細はわからないそうだが、天選界では、なんらかの病原体の感染が罹患《りかん》者自身の変化のみならず遺伝的変異をも引き起こしたと考えられているらしい。変異は子孫に受け継がれ特異な形質を発現する」

「……その特異な形質が、酸素分圧の低いところにいれば死の原因となる、痣か。本当にそんな理屈で説明がつくのかはともあれ、要は、おかしな感染症にかかり痣ができた天選民が標高の低い土地へ移動した、彼らの子孫も痣があるから天選界には戻れないってことだろ。あんたたちはこの痣がある人間をさして地属民の血筋といってるわけか」

「そうだ。痣が生じた少なくはない人々はやむを得ず未開の地に下りてなんとか命をつなぎ、ようやく、最低限は生きていられるだけの環境を作った。それが地属界のはじまりで、長いときを経て現在の形になったといわれている。遠い未来にどう変化するのかは知れないが、いま時点ではこの形が地属界なりの最善であり、精一杯だ」

いくらかの時間をかけ、麗静が語った実情を自分なりにのみ込んで、京の反応を黙ったまま待っている彼に短く「大体わかった」と言った。誰に非があるわけでもないのにずいぶんとひどい話だとは思っても、そう口に出したところで意味はないだろう。

麗静は京の言葉にひとつ頷いて返してから、茶を飲みつつ説明を続けた。それによると、痣を持つものたちが移り住んだこの地には、恵まれた天選界にいられず行き場を失った人々が暮らすという意味においてそう表現しても間違いではないのだろう、いくつかのスラムのごとき街が形成されたらしい。その中でもひときわ大規模でかつ人口が集中するのが霧幻城なのだという。

霧幻城は、昼間はともかくとして夜になれば賭博や売春、薬物売買等が行われる無法地帯で、一度入れば二度と出られない魔窟《まくつ》と称されている。徐々に大きくなる蜂の巣のごとく建物がぎゅう詰めになっており、道は狭く常時霧がかかっていて、また片づけられないゴミの悪臭が漂う、まさに地獄のような場所だ。

この無法地帯が崩壊を免れているのは、東西南北に建つ塔に住まう四人の代表者、昨日も話題に出た青龍、白虎、朱雀、玄武と呼ばれる人物が各々の地区を統治、管理しているからに他ならない。

代表者たちは霧幻城を守り治めるものとして、街の人間に畏敬《いけい》の念を抱かれ頼られているのと同時に、恐怖の対象とされてもいるのだそうだ。その事実は人々の暴走を抑制するといった形で機能している。つまり、代表者に目をつけられたら霧幻城では生きられないという意識が、極端な犯罪へ走ろうとするものにとっては、最初の一歩を踏みとどまるストッパーになるというわけだ。

「霧幻城に四つの塔が建てられたのは十五年前だ。その後、一度のいざこざはあったものの、四人の代表者はそれなりにうまくやってきた。しかし一年前に初代朱雀、つまり君の父親が、行方の知れぬ息子に二代目朱雀の椅子を譲ると言い残し病で亡くなって以降、荒れているな」

「……要するにあんたが探してる廉は、死んだ朱雀の息子ってことか。荒れているというのは？」

「玄武と青龍が手を組んで、白虎と朱雀の地区を奪い霧幻城を牛耳ろうと目論《もくろ》んでいるようだ。朱雀の椅子が留守になっていたここ一年、私は白虎が治める西地区と、初代朱雀から廉が戻るまで守っていてくれと託された南地区の両方を管理してきた。彼らにしてみれば私ひとりを排除すればかたがつくのだから、チャンスだ」

麗静の話を頭の中でざっくりと整理してから、先刻の彼同様、今度は自分が頷いてみせた。単純にいえば、この無法地帯を舞台にした権力争いが、まさにいま現在行われているというわけだ。

西地区代表の白虎すなわち麗静は、霧幻城を四人で統治する体制を維持したい。一方東地区の青龍、北地区の玄武はこの街をふたりだけのものにしたい。そしてその後はおそらく青龍と玄武で土地を取りあって、どちらかひとりが頂点に立つことになるのだろう。権力を欲するものが、ひとつをふたりで仲よく分けあえるはずがないのだ。

朱雀の塔に朱雀たるものがいない一年間、西南の二地区を守っていた麗静は相当苦労していたのではないか。

「初代朱雀の息子は行方不明なんだろ？　いつからいないんだ？」

これといって深くも考えず、ただなんとなく気になったことを訊ねたら、他人事《ひとごと》のような京の言い分が引っかかったのか麗静は僅かに眉をひそめ、しかしそれには言及せず問いに答えた。

「初代青龍が初代朱雀に反旗を翻したときだから、十年前だ。君は十六歳だった」

十年前、十六歳、その言葉にぞくりと鳥肌が立った。自分が記憶を失い倒れていたところを発見されたのも十年前、医師の見立てによると当時十六歳ほどだった。たまたまではあれそうした時期や年齢がぴったり合致するとなんだか気味が悪い。

それから首を左右に振って湧いた悪寒を追い払い、麗静が発したセリフを努めて冷静に反芻《はんすう》した。十年前か。この男はそんなにも長いあいだ愛する男を探し回り、どうしても見つからず肩を落としつつも、必ず戻ってくると信じて待っていたのだ。

「……十年は長いな」

紆余曲折《うよきょくせつ》ばかりだった自分の十年を振り返ってつい呟くと、麗静は「長かった」と短く同意を示した。そんなひと言に込められた思いを想像すると胸が痛む。

しかし少しはわかった。麗静は自分を十年前に消えた廉だと信じ込んでいるが、そんなに長い年月がたてば記憶も多少は薄れるしひとの顔形も変わる。ならば彼が、きっとそこそこは似ているのだろう自分に朱雀の息子の面影を見つけて、廉だと勘違いしたとしても責められない。なにせ毎日毎日考えていた溺愛する男なのだ、それらしい人間が現れたと聞かされれば目も霞む。

自分は麗静の探している次期朱雀ではない、と主張するのはとりあえず抑えて別の問いを口に出した。

「初代青龍が反旗を翻したってのは、なんだ？　現在と同じくこの土地を牛耳ろうとしたってわけか？　じゃあいまの青龍は二代目ということか」

麗静は少しの間を置いてから、「そうだ。いまの青龍は玄武の縁者で、二代目だ」と答えた。一気に大量の情報を押しつけては相手が混乱する、ならばどこまで説明したものかと思案した結果の簡単な返事なのだと思う。

とはいえ概要は大方理解できた。玄武と、その縁者である二代目青龍が、おのが領地と主不在の朱雀の土地を同時に守る白虎を倒そうとしている。霧幻城ではこの一年そうした争いが起こっていたのだ。

愛するものを探しながらふたりの反逆者の相手をするのは、先にも考えたようにさぞかし苦労が多かったろう。それでも麗静は、大変だった、疲れた、とは言わない。

何杯目かの茶を注がれたので黙って飲んだ。十年前、十六だった廉と、十歳近くは年上に見える麗静のあいだにあった感情はなんだったのか。少年から青年に変わる年代の廉に麗静が懸想していたのか、あるいは廉も麗静を、愛していたのか。さすがにストレートには訊きづらい疑問が頭の中で渦を巻く。

ダイニングルームのドアがノックされたのは、そのときだった。誰だと問う前に「宇航です！」という軽やかな声が聞こえてくる。

入りなさい、という麗静の指示を待ってドアを開けた宇航は、京と向かいあって茶を飲んでいる主のすぐ横まで歩み寄り特に声は潜めずこう告げた。

「玄武様と青龍様がいらっしゃってますが、どうします？　適当に追い返しますか、通しますか」

宇航からの問いかけに麗静は僅かに眉をひそめ、少し考えるような間を置いたあと「五階の応接室へ通しなさい」と返した。

「青龍はともかくとして、少なくとも廉と玄武は見知った関係だから、会えばなにか思い出すかもしれない。宇航も同席してくれ、まさかあのふたりも白虎塔の中で騒ぎを起こすような真似《まね》はしないだろうが念のためだ」

「承知しました」

「それから、廉。彼らの前では私のことは白虎と呼ぶように。私も君を朱雀と呼ぶ。日々の生活をともにする塔の配下は例外として、通常私たちは代表者を含む他者に対し通名を用いる。代表者であるときの我々はひとであってひとでない一種の偶像であるべきなのでね。私が君を廉と呼び君が私を麗静と呼ぶのは、ただ代表者として接しているわけではないからだ。特別だ」

特別だ、と告げた麗静の視線の強さに一瞬怯んでから頷いた。偶像であるべきものがひとに戻る豊かな時間を麗静と廉は共有していたという意味だろう。彼は自分にそうした過去の記憶を取り戻してほしいのだ。とはいえここことは異なる世界からやってきた自分にはどうしたってできない、なにせそんな過去がない。

エレベーターの前で突然抱きしめられたときには、驚きはすれど嫌悪感は湧かなかった。指先にキスをされても振り払わなかったし、ベッドで抱き寄せられればあたたかさと心地よさに安堵《あんど》を覚えた。怪しげな夜の賭場から連れ出してもらったからというのもあるにせよ、出会ったばかりなのに自分は麗静を、不思議なくらいにすんなり受け入れていると思う。

しかし、麗静にとってはそれでは足りないのだ。十年前の彼らがどのような間柄にあったのかは知らないが、麗静は当時のふたりに戻りたいと願っているのだろう。

客人を案内するために宇航が先に去り、ダイニングルームにふたりきりになったところで麗静が言った。

「なにも伝えていないのに、このタイミングで玄武と青龍が白虎塔に顔を出すとは想定外だ。廉が霧幻城に戻ったと知っているからこその来訪に違いない、どこかから情報が洩れているようだな。そして彼らは、知っている、ということを隠そうとしていない。我々の様子をうかがいに来たというわけか」

「……おれはどんな態度を取ればいいんだ？　朱雀でございますなんてふるまいはできないぞ、なにせこの街のことをなにも知らないんだ」

「そのままの君でいればいい。記憶を失っている事実も隠さなくていいだろう、変にごまかせばのちのち齟齬《そご》が出る。君の立ち居ふるまいや雰囲気は十年前から変わっていないから、たとえなにも覚えていなくても君が初代朱雀の息子であることはわかる」

麗静のセリフに、ついおかしな顔をしてしまった。十年前から変わっていない。異世界へやってきてのち開き直って愛想笑いも放棄し素のまますごしているが、それさえもが麗静の探す廉に似ているというのであれば、十六歳の朱雀の息子はなかなか自由な人物だったようだ。

麗静は京の表情を認めてなにを思ったのか「私が君を守るから心配するな」と告げ、茶器はテーブルに残したまま京を促し部屋を出た。エレベーターに乗り込み五階のボタンを押すその横顔からは緊張も不安もうかがえない、というより感情のいっさいが消えてしまったように見えて、なんとなく肌が冷える。いまの彼なら、研いだ刃物のごとくひややかで鋭利だという最初の印象通り、必要とあらば害なす人間の命を平然と奪いそうだ。

代表者であるときの我々はひとであってひとでない一種の偶像であるべきだ、彼は先ほどそうしたことを言った。見るものに知らず畏怖の念を抱かせる空気をまとった麗静は確かに、ひとを超越したもののようでもあった。

ひとつの街をめぐって権力争いをするくらいなのだから、充分人間くさいだろう。しかしそれはしかける玄武と青龍のみであり、しかけられている白虎は偶像であれという信念に忠実なのかもしれない。

五階で止まったエレベーターを降り、廊下の左右で頭を下げる配下たちには声をかけず麗静は後ろに京を連れ応接室へ向かった。万が一何者かが侵入した際真っ直ぐ飛び込めないようにという意図があるのか、エレベーターの扉の真裏に位置するその部屋のドアを麗静が叩くと、中から宇航が顔を出し深く頭を下げふたりを中へ通した。はじめて見るよそ行きの姿だ。

部屋の中には三人がけだろうソファが四台、ローテーブルを囲むように置かれており、麗静たちと同様刺繍入りのチャンパオを身につけたふたりの男が隣りあわせの二台に各々座っていた。ひとりは四十代半ば、もうひとりは三十代前半といったところか。前者は右頬、後者は左頬に麗静や宇航と同じく紋章のような痣がある。

青龍は二代目だと聞いたから若いほうだろう。麗静よりさらに体格がよく、短髪の似合うはっきりとした顔立ちをしている。血の気が多そうとまではいわないにせよ、どこかに剣呑さを感じさせる男だ。

一方玄武は、青龍とは対照的にひどく落ち着いた雰囲気をまとっていた。どちらかといえば小柄で細身、すっきりとした目鼻立ちの物静かそうな紳士に見える。しかしその眼差しは鋭く、決して第一印象通りの人物ではないことを物語っていた。

「突然押しかけて申し訳ない」

応接室に充ちる息苦しいような沈黙を破ったのは、集まったもののうち最も年長である玄武だった。

「二代目となる朱雀の息子が見つかったと小耳に挟んだのでね、どうせ白虎のところにいるのだろうと思い訪ねたら、やはりいた。十年前と変わらない美しさだな」

「玄武。あなたがそんなにも朱雀の心配をしているとは知らなかった。どこでその情報を小耳に挟んだのかいまは聞かないでおくが、見ての通り彼はいたって元気だ。しばらくのあいだは仕事の引き継ぎもかね私が面倒を見るので、どうか気にせずあなたがたは各々の役割を果たしてくれ」

今日のところは情報源について詮索《せんさく》しないでやるから今後不可侵のこと、という意味だろうセリフを口に出し、麗静は玄武の向かいに座った。こうなると自分も突っ立っているわけにもいかず、青龍の向かいに腰を下ろす。

青龍にじっと、真っ直ぐに見つめられてつい眉をひそめた。そこに無遠慮な好奇心や敵意があるからなのか、不意に湧いた肌を這《は》うような気持ちの悪さを拭《ぬぐ》えない。ただ目を合わせただけなのに、正直どうにも苦手なタイプだと感じた。まるでうまく飼い慣らせないと飛びかかってくる油断ならない獣みたいな瞳の色をしていると思う。

「初代朱雀が亡くなってから一年間空だった椅子がようやく埋まるな。結構なことだ。それで？　君は十年ものあいだ初代朱雀の息子であるという立場を放棄し、どこでなにをしていたんだ？　生まれ故郷の天選界に帰り優雅に花でも愛《め》でていたならば、無理に魔窟へ戻ってこなくても構わないが」

青龍のみならず、そう言った玄武の視線まで自分に向けられたので、ますます居心地が悪くなった。返答に迷い麗静を見たらひとつ頷いて返されたため、記憶を失っている事実も隠さなくていいだろうという先刻の彼の言葉に従い答える。

「おれはこの世界のことを覚えていないんだ。自分がどこの誰なのか、なにをすべきなのか、十年前になにがあったのかもわからない」

こんな腹の探りあいの場で、おれはこの世界の住人ではないんだ、と馬鹿正直に言うわけにもいかず、やや曖昧な言葉選びになった。玄武と青龍はそろって目を見開きまじまじと京を見つめ、それからちらとふたりで目を合わせた。

玄武が小さく首を横に振り青龍が浅く頷いて返したのはおそらく、おまえは黙っていろという前者からの無言の指示に後者が了解を示した、といったところだろう。彼らの力関係は平等ではなく、玄武が上にあり青龍がそれに従う形になっているのかもしれない。

「記憶喪失ということか。君はそれを理解していて、なお彼を朱雀の椅子に着かせようと？」

玄武は京ではなく麗静に向けてそう訊ねた。麗静はまず「それが初代朱雀の遺志だ」と返してから、淡々と続けた。

「まったく波風がなかったわけではないが、この一年、私は西地区のみならず南地区をも大きな問題は起こさず管理してきた。その私と私の配下が彼に朱雀としての仕事と役割をすべて教える。あなたがたが心配する必要はない」

「なるほど。しかしそれは、長く初代朱雀と近しい立場にあった君だからこそできたことだ。十年ものあいだ行方が知れず、しかも霧幻城の記憶すらないものが地区をひとつ治められるだろうか」

「初代朱雀と近しかった私ならば彼に朱雀のなんたるかを教えられる、という意味だと受け取っておこう。もちろん、彼が立場に相応しい人物であるか否かは期限を決めて見定め、否と判断すればその時点で椅子から降ろす。無能なものを代表者と認めるほど私も甘くは

ない」

互いに静かな口調でのやりとりは、感情がうかがえないせいか、宇航含め五人の男が集まる応接室に空気の冷えるような緊張感を生んだ。下手に口を挟めないどころか身動きすらできない。これなら怒鳴りあいの喧嘩《けんか》になったほうが、わかりやすいだけまだましだと思う。

麗静の言葉を聞きいっとき黙ったあと、玄武はそこで声を低めこう告げた。

「白虎よ。君も当然知る通り、霧幻城はいたるところに危険が潜んでいる街だ。無事見つかったばかりの朱雀を危ない目にあわせたくはないものだな」

「その点についても心配は不要だ。彼が朱雀の座に着く以上、今後は、万が一厄介事が起これば朱雀を守るべく私が相手を排除する。いままでは手ぬるすぎた」

つまりは京を朱雀に据えるなら霧幻城の闇に紛れ害をなす、と脅したに等しい玄武に、麗静がぴしゃりと言い返した。京になにかするつもりであればこちらも容赦しないとはっきり意思表示したわけだ。

それに対して浮かべられた玄武の薄笑いに覚えたのは、恐怖というより嫌悪に近い、不快感だった。

「そうか。白虎の言い分は聞いた。朱雀を初代から任された君の判断である以上、面と向かって反対するわけにもいくまい。とりあえずは任せる、と言っておこうか。青龍も理解しろ、いいな？」

　玄武は声音をもとに戻し笑みは消さぬまま告げ、押し黙っている青龍を促してふたりほぼ同時にソファから立ちあがった。特に居座るつもりもないらしくあっさりと応接室のドアへ向かう玄武と、それに続く青龍に合わせ、麗静も静かに腰を上げる。

「ああ、見送りは結構だよ、見張られずとも素直に帰る。ここは西地区の白虎塔だ、このような場所で騒ぎは起こさない」

　彼らにならい慌てて京も立ちあがったところで、宇航が開けたドアの前で立ち止まり、立ち去り際に玄武がそう言った。少しばかり振り返り最後に彼がつけ足した言葉が、京と麗静、宇航の三人だけとなった広い応接室に残る。

「ただし白虎塔を出れば街は無法地帯だ。記憶のない朱雀が二代目の椅子に着いたところで、南地区の安泰がそう簡単に保証されるわけではないし、亀がいつまでも素直であるとは限らない。今後の波風を君たちが無事に排除できるよう祈ろうか」

　ひとまず文句は言わずにおくが次の瞬間に事は起こるかもしれないのでせいぜい気をつけろ、といった意味だと思う。亀、すなわち玄武がいつまでも素直であるとは限らない。つまり彼は物騒な忠告を、というより宣戦布告をしたというわけだ。

　記憶がない朱雀など使い物にならない、むしろ、二地区を抱えいままで持ちこたえてきた白虎の荷物になるだけだ。だからいくら朱雀の椅子を埋めたところでいずれ霧幻城は玄武たちのものになる、そのための手段は選ばないと言いたいか？

「なんですかねえ、あれは。相変わらず嫌みたらしい」

きっちりドアを閉めてから宇航が呆《あき》れ半分苛立《いらだ》ち半分といった口調で言った。ソファに座り直し「安い挑発に反応するな」と釘《くぎ》を刺した麗静の声もまた、僅かばかりうんざりしているように聞こえる。

「あおられて先に拳《こぶし》を握ればこちらの非となり、彼らに剣を抜く大義名分を与えることになるのだから、適当に受け流しなさい。一触即発の状況にあることは認めるが、私はできれば表立っては彼らと対立したくない」

「なぜだ？　玄武とかいうやつ、明らかにあんたとおれに、というよりあんたに喧嘩売ってたぞ。腹が立たないのか？」

自分が麗静の立場であればテーブルでも蹴るだろうと思いつつ眉をひそめて問うと、彼から向かいのソファを指さされた。座れということらしい。

「腹は立つ。しかし私は初代朱雀が築いた秩序を壊したくない」

指示されるままに京がソファへ腰かけるのを待ち、麗静が口を開いた。

「彼がいなければ霧幻城はおそらくいまの形をしていないだろう。あるいはとうに崩れ落ちているか。この街がこの街としての姿を保てるのは、初代朱雀が現れ秩序を作ったからだ。それを維持すべき我々代表者が乱してどうする」

「あんたはこれで霧幻城に秩序があるっていうのか？」

　昨夜目の当たりにした薄暗い賭場の不穏なざわめきを思い起こし、首をひねって訊ねた。霧の中にごちゃごちゃと立ち並ぶ違法建築、ひとがひとり歩くので精一杯といった狭い道に充ちるゴミのにおい、とてもではないが秩序なんてものがあるとは思えない。

「これが、初代朱雀の描いた霧幻城の秩序なんだよ。人々は苦労しながらも精一杯生き四人の代表者がそれを見守ることであるべき形を保っている。霧幻城はこのままでいい、街を変容させてはならない」

「一度入れば出られない魔窟のままがいいって？　汚いしくさいし物騒だし、これがいいというのはおれにはよくわからない。権力を持つ人間がいるなら、賞するなり罰するなりしてもうちょっと綺麗にできるだろうに。初代朱雀というのは変わり者なのか」

「たとえば傾く建物が撤去されて道が整備され、賭場も売春宿も消えれば綺麗なのか？　私はそうは思わない。この街は人間の善も悪もすべてを受け入れているから美しいんだ。そもそも無理な変革は崩壊を招く、初代朱雀もそう考えていた」

　すべてを受け入れているから美しい、わかるようなわからないようなその言葉を頭の中でくり返し唸っていたら、少しの間を置いてから麗静は「しかし彼が変わり者だというのは事実かもしれないな」と言い、京に初代朱雀についての話を聞かせた。

　麗静によると、天選民である初代朱雀が地属界の霧幻城へ住まいを移したのは二十年前だという。天選民は通常、文明も進みなにひとつ不自由のない恵まれた地、地属民から見ればまさに雲の上にある天選界に暮らしており、こうも貧困な街へ足を踏み入れることなどまずもってないので、当時十五歳だった麗静には彼の心中がなかなか理解できなかったそうだ。

初代朱雀が地属界へ下りるきっかけとなったのは、六歳だったひとり息子、廉の病だったらしい。

「息子の病？」

「そうだ。廉は当時難病を患《わずら》っていて、その治療薬は地属界にしか存在しなかった。標高の低い土地でないと育たない植物から抽出される成分を主としたものだからだ。そんな噂《うわさ》をどこかで耳にしたらしい君の母親が、果敢にも息子を連れ地属界へ下りてきて、この土地では最も規模の大きい霧幻城に辿りついた」

「下りてきた？　どうやって？　地属界と天選界をつなぐ通路がどこかにあるのか」

京が首を傾げて訊ねると、麗静は間を置かず「物資の運搬装置ならあるが人間が歩く通路と呼べるものなどないよ」と答え、それから街を見下ろせる角度にある広い窓を指さして続けた。

「霧幻城から見て東の方角に、天選界のある高地へ通じる急勾配《きゅうこうばい》の斜面がある。登ろうと思えばそうできるにせよ死ぬとわかっていて登る地属民はいないがね。天選民にとってもその気になれば下りられる斜面だ、とはいえ地属界のような土地をわざわざ訪れるものはいない。通常は」

彼の説明につられて窓に目をやり、そういえば霧で見えないのだったと思い出して麗静へ視線を戻した。ここことは違う豊かな世界へと続く急斜面か。目視できない以上は想像するしかないが、なんとも無慈悲な意味を持つ勾配だよなとは思う。

まさに雲の上にある天選界、麗静がそんな言葉で表現した恵まれた街と、地を這うように人々が生きる地属界は物理的に隔てられているわけではないようだ。ただし、地属民には天選界へ行く選択肢は与えられていない。そう考えるとやはり、彼の言う血筋の違いというものの残酷さを改めて感じさせられる。

京の思いをいくらかは察したのか、そこで少しの間を置いてから、麗静はあえて感情を排したのだろう声で言葉を連ねた。

「しかし君の母親は愛する息子のために薬を求め、多額の金銭を手に霧幻城へやってきた。藁《わら》にも縋《すが》る思いだったのだろうな。だが、彼女の認識は甘かった。金さえあればなんでもできるのは確かでも、この街では痣がなければ敵視される、こともある」

「……なぜ？　天選民と地属民は敵対しているのか？　住む地さえ違うなら喧嘩するどころか接触することもないだろうに」

「住む地さえ違うからこそだ。地属民の中には、どんなに願っても祈っても自身がそこで生きることは許されない楽園に暮らす天選民を妬《ねた》み、憎むものもいる。ある意味自然な感情だよ」

口を挟んだ京に淡々とした口調で答え、いくらかの沈黙を挟んだのちに麗静はさらに説明を続けた。その話をまとめると、要するにこういうことらしかった。

治療薬を手に入れるため病に冒された息子を連れて地属界へやってきた初代朱雀の妻は、痣を持たぬ天選民を理不尽に恨む地属民に、簡単にいえば、絡まれていたのだそうだ。それを見かけた麗静が彼女を助けたことで、十五歳だった彼と、妻と息子を追ってきた初代朱雀とのあいだにつながりができた。

初代朱雀ははじめて訪れた地属界のありようにたいそう驚いていたという。聞くところによると天選界は、規則正しく整えられた街が広がり、そこで法を遵守し清らかに生きることが美徳とされる場所であるそうだから、自身が生まれ育った土地とはあまりに違う地属界の様相や価値観に困惑したのだろう。

廉の病が癒《い》えるまでのあいだ、当時三十九歳だった初代朱雀とその妻、息子は麗静の住まいですごしたらしい。そのときにはすでに家族はなく、こまごまとした仕事をしながらひとりで生きていた麗静は、時間さえあれば毎日のように飽きず初代朱雀と話をしたそうだ。そうして親交を深めた結果、麗静は初代朱雀から、のちに白虎に抜擢されるほどの信頼を得たというわけだ。

初代朱雀について麗静は、聡明《そうめい》な男だった、と表現した。麗静から街の現状を聞き知った彼は霧幻城にもある程度の自治が必要だと考え、それを自ら敷くために、手筈《てはず》を整えるべくいったんは天選界に戻ったもののすぐに家族を連れ地属界へ住まいを移した。せっかく恵まれた地で暮らせる血筋でありながらこんな場所に来るものではないと麗静が幾度言っても、彼は聞き入れなかったという。

霧幻城が無法地帯であることを初代朱雀は正そうとはしなかった。これがこの街の姿であるのならそれでよい、強引に変えようとすれば壊れるだけだ。なにより霧幻城は美しい、彼は麗静にそう語ったらしい。

「天選民ということではじめは街のものからの反発もあったが、彼はあっというまに霧幻城になじんだ。人心掌握に長《た》けているといえばいいのか、単に人柄か。君の父親は実に魅力的だったな。もちろん君も魅力的だ、血か」

麗静は京を見つめてそう言い、そこでふっと微かに笑った。昨日からそばにいるというのに彼の笑顔を目にしたのはそれがはじめてで、なぜか少しどきりとした。きっと彼は過去を語ることで朱雀と、またその息子とすごした日々を思い出し懐かしさを感じたのだろう。

麗静は宇航に茶を淹れてくれるよう頼み、テーブルにふたつの茶杯が置かれるまでのあいだしばらく黙ってから再び口を開いた。

「初代朱雀は三年をかけて上下水道、電気、ガスといったライフラインを整えたり、天選界と交渉し充分量の生活用品や医薬品を確保したりといった方法で人々の信頼や尊敬、金銭を得て、それらを権力の土台とし霧幻城の代表者としての地位を築いた」

「当時の代表者は朱雀ひとりだったのか。なぜいまは四人いるんだ？」

「代表者、すなわち権力者がひとりのみであると独裁的支配となり知らず霧幻城が変容してしまうかもしれない、初代朱雀はそう考えたらしい。十五年前に街を東西南北の四つに分け、各々に代表者を置くことで権力を分散させた。その四人での議論をもって街を維持することとしたんだ。それでも事実上のトップは朱雀だったが」

そこまで喋ってから麗静はいったん言葉を切り、ひと呼吸置くようにゆっくりと茶を飲んだ。どうやら彼は、そうして時折の間を挟むことで京の理解が追いつくのを待ってくれているつもりらしい。

昨日からあれやこれやと知らない情報を容赦なく浴びせられ、正直腹いっぱいではあった。とはいえ自分が置かれている状況くらいはのみ込んでおかなくてはと、彼が語った話を無言で反芻しとりあえずは自分なりに納得してから「あとは？」と促したら、麗静は静かに茶杯をテーブルへ戻して続けた。

「日常をともにする配下とのやりとり以外では、真の名前を使わない。それが初代朱雀の指示だった。そうすることで彼は我々を偶像化しようとしたのだろう。等しく権力を持つ代表者に対するときには感情を排除し理性で動け、街の人々にとっては崇拝すべき対象であれということだ」

麗静のセリフはつまり、代表者間で対話をする際には感情的ないざこざを避けるため名を捨ててひとを超越しろ、また、街のものたちからの信頼や畏敬の念を失わぬよう、喜怒哀楽に行動を左右されることのない霧幻城の揺るぎなき象徴であるべく努めろ、といった意味か。代表者のありかたを説くのと同時に麗静は、君もそうあれ、と言っているのだということはわかった。

ここで、自分は朱雀の座を継ぐものではない、あんたの探している廉とは別人だと申し述べたところで無駄であることもまたわかったため、あえては触れず少し話題を変えた。

「初代朱雀は一年前に病死したんだよな。あんたがそう言っていた。ともにこの街へ移り住んだ妻はどうしたんだ？」

「数年前に、やはり病で亡くなった。息子は行方不明、そのうえ最愛の妻を失い、周囲には見せなかったが初代朱雀は相当こたえていたようだ。廉に朱雀の椅子を譲るからそれまで南地区を預かれと私に言ったのは、息子が無事であってほしいという最後の、また最大の願いだったのだろうな」

茶杯に唇をつけ少し考えてから頷いてみせた。これまたまるで小説か映画のような話で理解に努力を要するにせよ、代表者のなんたるか、また、初代朱雀の胸中といった説明の内容は把握できる。

　ふたりの声が途切れたちょうどそのとき、応接室のドアがノックされた。麗静からの目配せに従い宇航が細くドアを開け、外にいるものとなにやら言葉を交わしてから、主のもとに戻り京にはわからない単語を使って用件を告げる。仕事の話らしい。

　麗静は「わかった。君は廉を最上階まで連れていってやってくれ」と宇航に指示したのち、京に視線を戻して言った。

「申し訳ない、私はこれから仕事で塔を出なければならなくなった。夜までには戻るので、君は最上階を好きに使っていてくれ。リビングでのんびりしていても書庫を覗いてみてもいいし、ベッドルームで寝ていてもいい」

「ああ……。そうするよ、ついていっても邪魔になるだけだ」

「連れていきたいところだが、君は昨日戻ったばかりで疲れているだろうから少し休みなさい」

　優しく告げて麗静はソファから立ちあがり、宇航といくつか言葉を交わしてからひとりで足早に応接室を出ていった。どうやら急ぎの用件であるようだ。彼の背を見送って京が腰を上げたら、宇航に「では上へ行きますか」と声をかけられた。

　頷いて彼と一緒に応接室をあとにしエレベーターへ向かう。その途中の廊下で彼が思わず洩れたというようにくすりと笑ったものだから目をやると、内緒話といった調子でこそこそと告げられた。

「いえ。冷血な白虎と称される麗静様でも、あなたを前にするとずいぶん可愛らしくなってしまうもんだなと」

「……可愛いか？」

「可愛いでしょ。魅力的だ、なんて口説いたり、笑ったり猫なで声を出したり、あんなふうに人間くさい顔を他人に見せるひとだったとは意外です」

あなたを前にすると、と言われても、自分と一緒にいる麗静の姿しか知らないのでよくわからない。しかし、冷血な白虎という表現はなんとなく彼らしいなとは思った。冷たく鋭利な刃物のようだ、彼には何度かそんな印象を抱いたのだ。

「僕が白虎塔に来たのは数年前ですけど、麗静様はずっと廉様を必死に、それこそなりふり構わず探し回っていましたよ。僕の知らない期間もあわせると、その間十年です。あなたが生きて戻ってくると、よく信じ抜けましたよね。むかしの記憶がないそうですが、それでも、あなたが帰ってきてくれて麗静様はいまとにかく嬉しいんでしょう」

エレベーターでふたりきりになってから、もう他に誰も聞いていないからということか宇航は遠慮のない口調で言って笑顔を見せた。

「劉さんから天選民を保護したという連絡を受けたときの麗静様は、ようやくあなたに会えるよろこびと、早く自らの手に取り戻さなくてはという焦りでぎらぎらしてました。いつもクールなのにまるでひとが変わったようでしたね」

「でも、痣がない天選民がいたってだけで、それが朱雀の息子だなんて賭場の主にはわからないだろ？　なのに麗静は連絡を受けた時点で、ずっと探してた廉が見つかったと信じて疑わなかったのか？」

「霧幻城に現れる物好きな天選民なんて、朱雀の血を引くもの以外にはいないです。わかりますよ。まあ麗静様の場合は、直感というか、願望というか、盲信というか、ちょっと極端ですけど。麗静様は廉様のことが本当に大好きですからね、見ていてわかります」

本当に大好き、か。確かにそれは見ていてわかる。なんと言葉を返せばいいのかに迷っていると、軽い到着音を鳴らしエレベーターが最上階についた。

宇航は昨日と同じように廊下の安全を確認したのち、京をエレベーターから降ろし下の階へ戻っていった。ひとりぽつんと最上階に取り残され、さてどうしたものかと思案しながらとりあえずはリビングルームへ行く。

ドアを開けて部屋に入ると、時間が決まっているのか麗静が最上階を空けている隙になのか使用人が掃除をしているらしく、テーブルの上に清掃済みというメモが残されていた。高級ホテルのようだなと妙な感心をしつつメモは置いたまま窓際へ歩み寄る。

昼の街には昨夜同様霧がかかっていた。陽の光で明るいのになにもかもがぼやけているその幻想的な眺めに、何度か思い浮かべた、異世界、という単語がより色濃く頭の中に湧きあがってきた。

自分はいま、日本とは、というより現実世界とは常識もことわりも違う異世界にいる。そして、父親のあとを継ぎ代表者となるべき朱雀の息子、廉だと勘違いされている。余程似ているのか誰もが信じ込みこれっぽっちも疑っていない。それを、眼下の景色、また、麗静や玄武、宇航の言葉を思い返して再認識した。

自由だ、面白そうだなんて単純に考えていたが、そんな暢気《のんき》なことをいっている場合ではなさそうだ。霧のかかる街を見下ろしひとつ溜息をついてから窓へ背を向け、ソファまで歩きどさりと座る。

このままでは厄介なことになるという考えももちろんあった。しかしそれよりも、十年間探し回った廉をようやく見つけた、と思い込んでいる麗静を騙《だま》しているようでさすがに気が引ける。

塔の主は夜までには戻ると言っていたので、彼が帰ってきたら洗いざらい状況を説明しよう。自分がどんな世界に住んでいたか、なにをして生きているのか、一からちゃんと話をすれば麗静も京が愛する廉ではないことがわかるだろう。いままでのような生ぬるい主張だけでは、やっと廉に会えた嬉しさで目が霞んでいる麗静には通用しない。

もう少し麗静のそばにいてみたかった気もするがしかたがないか。彼に怒られ塔から蹴り出されることになっても、このまま黙って廉のふりをし続けるのは、どうしても自分の性に合わないのだ。

夕刻に塔へ戻った麗静とともに食事をとったあと、聞いてほしいことがある、と告げたら、茶壺を置いた彼にリビングルームへ連れていかれた。特に身構える様子もなく向かいのソファに座った彼に、さてどう切り出したものかといくらか悩んでから口を開く。

「……その。おれがどんな生活をしてたのか、説明しようと思う。あんたは多分勘違いしてるから、このままだとおれがなんだか居心地悪い」

麗静は京の真剣な面持ちを認め、無言で頷いた。そんなことはどうでもいいと退けられなかったので、それにはほっとする。

「おれはここことは違う世界にいた。あんたには信じられないかもしれないが、ついでにおれにとっても信じがたい話だがどうやら事実みたいだ」

またしばらく考えてからまずは結論を述べ、そののち順にここ十年間の出来事をひとつひとつ言葉にした。まだ子どもだったころに都内の繁華街の裏路地で、記憶を失った状態で発見された。名前も年齢も住まいもなにひとつ覚えておらず、いまだに思い出せない。医師にも原因不明と匙《さじ》を投げられ警察の捜査でも身元はわからなかったため、一年かけて就籍、その後就職して細々と生きている。

　仕事は事務職で役職はなし。現在は恋人もいないので暢気にひとり暮らしをしている。贅沢《ぜいたく》はできなくても食うに困ってはいないし、自分みたいな人間には必要充分といったところだ。

　発見されたのは十年前だとか、医師の見立てでは十六歳くらいだったとか、そのあたりは割愛した。麗静の探している廉と諸々《もろもろ》の要素が妙に合致しているので無駄に混乱させるに違いない。

「記憶がないこと以外は不自由してないよ。平社員は気楽だ、おれはひとの上に立ちたいタイプじゃないんだ。だから朱雀じゃないんだろう。要するにおれは異世界からなんらかの拍子でここに紛れ込んできただけの、ただの凡人だよ」

　京が時間をかけて語った過去を聞き、麗静はなにやら考え込んでいるような顔をして黙り込んだ。ちょっとは目が覚めたろうかとその表情をうかがっていると、しばらくのあと彼は京を見てこう告げた。

「なるほど。子どものころの記憶がないというのは不思議ではあるが、君はきっと天選界にいたのだろうな。どうしてそうなったのか詳細はわからないにせよ、地属民の痣なき天選民であればそれが普通だ。地属界とはまったく異なる地だと聞いているから、違う世界に見えるのも当然か」

そうじゃない、と反論しかけた口を閉じ、諦めの溜息をついた。この男は自分の言わんとするところをまったくわかっていないらしい。廉のことになると本当に盲目なのだ。

麗静は、京の反応を見て僅かばかり困ったように眉根を寄せ、「では今度は私から説明しよう」と前置きをしてふたりの過去についての話をしはじめた。

六歳で病を患った廉は、霧幻城で入手した薬により数か月で回復したらしい。そののち両親とともにいったんは天選界へ戻ったものの、すぐに彼ら一家は地属界へと居を移したから、初代朱雀と近しかった麗静と朱雀の息子である廉はすぐに打ち解けたのだという。

それが二十年前、以降廉が姿を消すまでの十年のあいだに、年の離れた兄弟のようだったふたりはいつしか恋人と呼べる関係になっていた。

「朱雀の息子がいなくなった十年前、あんたはともかく廉は十代だったんだろ。子どもじゃないか。年の差もあるのに？」

単純な疑問を口に出すと、麗静はどこかもどかしげな目をして「十歳程度の年の差が愛を邪魔することはない」と答えた。

「十五、六にもなれば恋も覚える。私は君を愛していたし君も私を受け入れていた。私たちは確かに愛しあっていたんだ。君が大人になったら結ばれようと約束を交わしただろう、覚えていないか」

聞いたことのない熱っぽい声で問われ返事に困ってしまった。もちろん覚えていない、というより、知らない。そうはっきり言えば間違いなく彼を傷つける。

とはいえここで曖昧な答えを示せばかえって麗静にとっては残酷かと、あえて遠慮のない言葉を選んで声にした。

「そもそもおれはあんたの愛する廉じゃないんだし、無関係だよ。なにせ違う世界から来たんだから」

麗静は京の返答にそこではっきりと眉をひそめた。大抵の場合は冷静沈着でときに優しい彼が、こうもあからさまに焦れを面に出したのははじめてだったのでびっくりする。

半ばぽかんとしているあいだに麗静はソファから腰を浮かせ、テーブルに片手をついて身を乗り出し、向かいに座っている京の片腕を摑み引っぱった。それから「頼む。思い出してくれ」と苦しげに言って京に美貌を寄せてくる。

キスをされるのか、と思うのと同時に唇を重ねられていた。あまりに驚いたせいで身体が硬直し、彼の手を払うどころか顔を背けることさえもできなくなる。

見開いた目に映る麗静の瞳は、苦悩と愛情を交ぜあわせたような複雑な色を帯びていた。こうも切なげに至近距離で見つめられたらさらに固まってしまう。

頰をひっぱたいて逃げればいいのに、手が上がらない。それはなぜだ？

しかし、唇の隙間にぬるりと厚い舌を挿し込まれたときには、さすがにはっと我に返った。力で敵《かな》う相手でもなかろうがそんなことに構う余裕もなく、咄嗟《とっさ》に片手を麗静の肩について押し返すと、意外なほどあっさりと唇を解放されたので逆にまた驚く。

麗静は最後に、少し痛いくらいの力を込めて京の片腕をぎゅっと掴んだあと、そっと手を離した。ソファに座り直した麗静に視線をやると、彼は先よりも苦しそうに、あたかもどこかが痛むといわんばかりの顔をして京を見ていた。

「……あんたは」

「申し訳ない。気が逸《はや》った」

口を開きかけた京の声を封じるように謝罪し、麗静はすっと片方の手で目のあたりを覆い表情を隠した。それから、ついいましがたまで見せていた苦悩など忘れたかのごとき淡々とした口調でこう指示をする。

「まずはシャワーを浴びて、今日はひとりで寝なさい。明日用の服はクローゼットにいくつか新品が置いてあるから、好きなものを着てくれ」

いやだとかどうしてだとか返せる雰囲気ではなかったので、言われるままに立ちあがってドアへ向かった。突然の行為に頭の中がぐちゃぐちゃになり、まともにものを考えられない。

「おやすみ、廉」

「……おやすみ」

背後からの声に心ここにあらずのまま応《こた》え、部屋を出てドアを閉める。そこで、ようやく感情が追いついてきたかのようにかっと顔が熱くなるのを感じた。

くちづけをされた。麗静にキスされた。

ドアにもたれてほとんど無意識に、は、と浅い吐息を洩らした。いまさら胸が高鳴り出して抑えようにも抑えられない。

麗静の唇が重なっていた唇にそっと触れた自分の指先が、細かく震えていることに気がついた。それで自分がひどく高ぶっているのだと自覚する。

いやだ、とは感じなかった。気持ちが悪いとも思わなかったし怒りも湧かなかった。それどころか、彼の唇の感触だとか舌の味や温度だとかを思い出し、まるでずっと前から好意を抱いていたひとにくちづけをされたようなときめきがこみあげてきて、そんな自分に戸惑う。

自分は麗静にキスをされて嬉しかったのか。だとしたら、彼に対してどんな思いを抱きはじめているのだ？

そのときふっと脳裏を記憶の欠片《かけら》みたいななにかが掠め、ぞくっと鳥肌が立った。この感覚はなんだ。少し乾いた男の唇やあたたかい舌を、いつかどこかでも味わったことがある、ような気がする。都内で目覚めて以降の経験ではない、もっとずっと前だ。

少しのあいだ頭の中に消えた過去の残滓《ざんし》を探し、それからすぐに無駄だと首を左右に振って思考を追い払った。十年も忘れていたむかしを思い出せるはずがないし、奇跡的に思い出せたとしてもそこに麗静はいない。

だからこの不可思議な感覚は、ただの気のせいだ。昨日からばたばたしているから疲れが溜《た》まって既視感が湧いただけだろう。

まだ震えている指で雑に唇を擦り、今度は深々と溜息をついた。自分は麗静の探している朱雀の息子ではないのだと納得させるつもりだったのに、それどころではなくなってしまった。


指示された通りまずはシャワーを浴びナイトウェアを着て、とぼとぼと廊下を辿りベッドルームのドアを開けた。馬鹿みたいに広いベッドへ潜り込み照明を落とす。

昨日はここで麗静に抱き寄せられながら眠った。今日はひとりで寝なさいなどと言われてしまったが、本当に彼は今夜自分をこの部屋にひとりきりにするつもりなのだろうか。もしかしたら気が変わって麗静が来るかもしれない。そう考えると、彼の足音が待ち遠しいような怖いような、そわそわした心持ちになった。どうしてこんな気分になるのだと自分で自分が理解できなくなる。

正確にはわからないとはいえ戸籍上は二十六歳、女性とはそれなりにキスもセックスも

したし不慣れだとは思っていない。しかし自分が男とそうした行為を交わす可能性があるなんて想像したこともなかった。

なのに麗静とのキスはいやではなかった。むしろ、いってしまえばときめきのようなものを覚えた。なぜだ。異世界にトリップして浮ついているから？　あるいは優しくされて絆《ほだ》されかけているのか？　自問しても答えは見つからず悶々《もんもん》としながら何度も寝返りを打つ。

知らない世界に来て二日目、確かに疲れてはいたので眠気は襲ってきた。しかし麗静のことが気になりぐっすりとは眠れず、うつらうつらするだけで寝たといえるのかいえないのかよくわからない夜がすぎていく。

それでも朝方には眠ったらしく、いつのまにか遠ざかっていた意識がふっと戻り目を開けたときには、分厚いカーテンの隙間から細く明るい陽が射し込んでいた。昨日は窓際の椅子に座っていた麗静の姿はなく当然隣にいた気配もない。

もそもそと起きあがりクローゼットを開けながら、麗静は昨夜どこで寝たのだろうかと考え申し訳ない気持ちになった。リビングルームのソファで眠ったのか、あるいは寝ずに仕事をしていた？　いずれにせよ彼のベッドを占領してしまったのはよろしくなかった。動揺を追い払って一昨日《おととい》のように呼びに行けばよかったのだ、といまさら思ったところでもう遅い。

特にセンスがよいほうでもないから悩んだところで無駄だろうと、適当に濃紺のチャンパオを取り出し着替えてからベッドルームを出た。朝食の準備ができているらしく、ダイニングルームのほうからいいにおいが漂ってきていたため、つられるように廊下を歩く。

麗静はこの向こうにいるのだろうかとおそるおそるダイニングルームのドアを叩くと、たった数日一緒にいただけなのにすっかり聞き慣れてしまった気がする声で「入りなさい」と指示された。それに従い、これもおそるおそるドアを開けたら、椅子に座った麗静がこちらを見ていたので僅かばかりうろたえた。

彼の眼差しも表情も、昨夜の出来事などすっかり忘れたかのような平然としたものだった。刺繍の入った艶やかな臙脂《えんじ》色のチャンパオを身にまとっており、キスをされたことが関係あるのかないのか、昨日までの彼よりもさらに美しく見える。

一瞬覚えた狼狽《ろうばい》も忘れつい見蕩れていると、座れ、というように向かいの椅子を指さされたのでおとなしく腰かけた。京を待っていてくれたのか、テーブルには昨日の昼食と似たような料理が手つかずのままで並んでいる。

「廉。よく眠れたか？」

優しく問われたので、「ああ、よく寝た」と答えておいた。昨夜の件に言及しないということは、あの行為については忘れてくれと麗静は示しているのか？　よくわからないが、彼が触れないのなら自分からあえて突っ込んでいく必要もないかと態度を合わせる。

特に会話らしい会話もなく食事をとり、その後、昨日同様茶を飲みつつ麗静の口から今日の予定を聞いた。彼はどうやら京に明るい街を見せたいらしく、ふたり分の茶杯に茶を注ぎながらこう言った。

「昼の霧幻城は夜とは大分雰囲気が違うから、街中を歩けば君もなにか思い出すかもしれない。ここへ戻って三日目、そろそろ君も現在の朱雀塔へ行き状況を把握すべきだし、いくつか用事をすませながら南地区までともに行こう。護衛には宇航のみを連れていく」

彼のセリフで、昨夜あれだけ言ったのにこの男はまだ自分を朱雀の息子だと頭から信じ込んでいるのだと知り、洩れそうになる溜息を嚙み殺した。自分としてはそれで大きな不都合があるわけではないにせよ、愛する男と勘違いされあれやこれやと世話されれば、そんなつもりもないのに彼を騙しているようで気が引ける。

「……なあ麗静。おれはな」

「いいんだ」

表情から京の困惑を読み取ったのか、口を開きかけたところで麗静に遮られてしまった。

「君が言いたいことはわかる。だが、いいんだ。君が自身を廉だと信じられないのだとしても、私が信じているあいだはどうかこの街にいてくれ。もし君が、君の言う通り私の愛する廉ではないのだといつか明らかになることがあろうと、私は決して君を責めたりはしない」

「おれが廉じゃなくても世話を焼くのか？　あんたはそれでいいのか？」

「君は、自分が廉ではないのではないか、などと考える必要はないということだ」

若干わかりづらい麗静の言い分を頭の中で整理し、今度は隠さず小さな溜息をついた。

なんとも絶妙な返答だ。つまるところ麗静は京を廉であると信じて疑っていないと表明しつつ、相手には信じなくても構わないのでとにかくここにいろと告げているわけだ。そんなふうに言われたらこれ以上、本物だ、いや別人だと話しあうことも、さらには申し訳ないからと彼の前から去ることもできなくなる。

言い返せない京に「わがままを言ってすまない」と神妙に詫《わ》びてから、麗静はテーブルの隅にたたんで置いてあったハンカチのようなものを手に取り立ちあがった。繊細な黒のレース生地だ。

椅子に腰かけたままなんだろうと黙って見ていると、背後に回った彼がひと言「動かないでくれ」と告げ、そのレースで京の目もとを覆い端を頭の後ろで緩く留めた。ハンカチではなく、どうやら額の半ばから目の下までを隠すマスクであるらしい。マスカレードマスクとでもいえばいいのか。

瞼にかかるあたりは切り抜かれているため視界が邪魔されることはないが、うっとうしいものはうっとうしい。後ろを振り向いて「なんだこれは」と問うと、麗静は指先で京のマスクの位置を直しながら答えた。

「塔に住まうものたち以外にも君の存在が広く認められるまで、しばらくのあいだは痣がないことを知られぬよう顔を隠したほうがいい。昨日も言った通り、痣なき天選民を妬み憎むものもいる。こうしておけばとりあえずは街の人々にも君が天選民だとはわからないだろう」

いくらか考えたのちに頷いて返した。初代朱雀の妻も息子を連れはじめて霧幻城を訪れた際、天選民であるからこそ街に暮らす地属民に絡まれていたそうなので、彼女を助けた麗静は余計にその事実を肌で知っているのだと思う。

そして自分も知っている。この世界で目覚めたときに男四人に囲まれていたのはまさに、地属民の痣がなかったからだ。売春宿に売るくらいはできるだろ、天選民ならなおさらだ。いいようにいたぶってみたがるやつなんて山ほどいる。あのとき男たちはそんなことを話していた。

その後麗静は、四角いアルミケースを片手に下げた宇航を連れ、京とともに白虎塔から街へ下りた。先頭に麗静が立ちそのあとに京が続いて、最後に宇航がつく。先日とは順番が逆でも、京がふたりに前後を守られているのは同じだ。

はじめて陽のもとで見た霧幻城は、麗静の言った通り夜の街とはずいぶんと雰囲気が異なっていた。遠い先までは見通せない霧深さ、圧迫感を覚えるほど隙間なく不規則に並ぶ建物や、片づけ切れない生ゴミのにおいといったものは同じでも、街を充たす空気はまったく違う。

人目に触れないようにと先日は迷路みたいな細道を通ったが、昼の霧幻城を見せるためか麗静は京と宇航を連れいくらか開けた道を歩いた。左右に所狭しと立ち並ぶ看板のせいもあり広いとまではいえなくても、一応舗装はしてあるし、老若男女が入り交じる道は活気があって居心地は悪くない。

道にあふれる人々は、夜の賭場で目にしたのと同じような、時代遅れでくたびれた服を身につけていた。あのときには違和感を覚えた装いも、昼の街で見れば、飾らないがゆえの生身の命とでもいえばいいのか懸命さと力強さを感じさせるもので、なんとなく気持ちが明るくなる。

「なんだ。ここも案外普通の街なんだな。賭場を見たときにはえらく物騒な土地だと思ったが、昼間はそうでもないのか。まあひとが多すぎて窮屈は窮屈だけど」

食料や日用品の並ぶ路面店や露店に集まりわいわいと騒いでいる人々の笑顔や、その隙間を縫い駆け回っている子どもの姿といった、ありふれた眺めにいくらかほっとしつつ言うと、少し前を歩いていた麗静が歩を止め振り返って微かな笑みを見せた。

「そうだな。魔窟とはいえごく普通に家庭が集まり形成される街だ。昼は天選界から仕入れた食品や生活用品を売り買いし、あるものは住まいや店の建築、またあるものは医療行為に携わり、最低限でも教育がなされ、そうして子どもから老人まで人々は当たり前に暮らしを営んでいる。これが地属界の日常だ」

「ああ。考えてみれば当然か。おれはちょっと誤解していたかもしれない」

「一方夜になると、街は魔窟と呼ぶに相応しい無法地帯へと様相を変える。君が見た通り学校は賭場に変わり、売春宿が開かれ、ある場所では薬物の売買が行われる。陽と陰を内包し成り立っている、それが霧幻城のありかただ。どちらかが欠けてしまえばあっというまに崩壊する」

麗静からそんなふうに説明され、少し考えたのちに頷いて返した。人間には昼も夜も必要だというのなら彼の言う通りかもしれない。この街はそのふたつが極端に違うだけで、自分の知っている日本だって根本的には同じようにしてできあがっているのだろう。

この街は人間の善も悪もすべてを受け入れているから美しいんだ。昨日聞いた麗静の言葉を思い出し、そうかもしれないとなんとなく納得した。

麗静は頷く京を認めまた僅かばかり笑ってから、前に向き直り再び歩きはじめた。昼の街に慣れてきたのか、そのあたりでようやく、人々の控えめな視線が自分たちに集まっているのを自覚した。

くたびれた服を着た人々の中に、いかにも特別な存在でございます、とでもいうかのようなきっちりしたチャンパオを着ている人間が歩いているのだから当然か。白虎様だ、という密やかな声がいくつか聞こえてきたので、麗静が街のものに広く姿を知られているのは把握できた。

そっとあたりを見た限り、麗静に向けられている視線に悪意や敵意は感じられなかった。むしろ、王様の散歩をきらきらとした目で見守る民たちといった雰囲気だ。麗静もいつかそんな言葉を使ったが、まさに畏敬の眼差しだと思う。

代表者にとってはそれが当たり前ということなのか、麗静は特に気にする様子もなくいくらか歩いたあと、立ち並ぶ路面店のうち一軒のドアを開け京を連れて中へ入った。狭い店内を見渡す限りは生地屋、あるいは服屋か。宇航が店の外で待っているのは見張りの意味だろう。

「白虎様。わざわざお越しくださいましてありがとうございます」

大仰なまでに深く頭を下げる店主に、麗静はまず「目的地までの通り道なので寄ってみた」と応じ、それから相手が顔を上げるのを待って続けた。

「先日は急ぎ服を仕立てさせて手間を取らせた。礼を言おう」

「そんな、とんでもない。白虎様にお届けしようとしていたもののサイズを直しただけですので」

麗静のセリフに店主は恐縮したようにそう返し、それから視線を京に移して少し表情を緩めた。ほっとしたらしい。

「ああ、とてもよくお似合いです、サイズも合っていますね。白虎様と近しいおかたでしょうか」

「次の朱雀だ」

「なるほど、次の……」

朱雀、と、麗静が口に出した言葉をなぞろうとしたらしい店主は、しかし途中で声を失い目を見開いた。余程驚いたのか京を見つめたままその場に固まっている。

それから彼ははっと我に返ったように目を瞬かせ、先ほど麗静へそうしたように京に向かって敬礼、というより最敬礼した。その姿を見てかえっていたたまれない、また申し訳ない気持ちになり、慌てて彼に声をかける。

「いや、そんなにかしこまらないでくれ。ああその、この服は綺麗な色だし刺繍も格好いいからおれは気に入っている。あんたが作ってくれたんだな、ありがとう」

「失礼しました。次期朱雀様とは知らず、無作法な口をききまして」

「いやいや、これっぽっちも無作法じゃないだろ、大丈夫だよ。取って食いはしないから顔を上げてくれ、顔を」

京の言葉に店主がようやく、おそるおそるといった様子で上体を起こしたので、いくらか落ち着いた。ひとに頭を下げることはままあっても下げられるのには慣れていないから、そうも畏《おそ》れられるとなんだかそわそわしてしまう。

ふたりのやりとりを黙って聞いていた麗静は、京が眼差しを向けると優しく目を細めた。

自分のぎこちない態度に対して別に怒りや焦れを感じているようではないので、これにも安堵する。

麗静は「ではまた」と店主に告げ、自らドアを開け京に外へ出るよう促しつつ簡単に説明した。

「刺繍入りのチャンパオを身につけるのは高い地位にいるものとそれに縁あるもの、つまり普通は代表者とその親類縁者くらいだ。君もいずれは街の人々に朱雀だと認識されるだろう、南地区の代表者として頼りにされる存在になってくれ」

すぐそこに店主がいる場で、おれでいいのか、とも、そもそもおれは廉じゃないんだとも言えず、黙って頷き店を出た。京に続いて店をあとにした麗静が、先ほどまでと同様先に立って歩くのにおとなしくついていく。

麗静の姿を目にした人々が代表者とその連れのために、さりげなく道を空けてくれようとしていることにそこでようやく気がついたが、あまりに混みあっているものだから到底無理で、結局はそれまでと同じく互いになんとか譲りあって歩を進めた。その途中、店を出て少ししたころに背中からいきなり服を摑まれてびっくりし振り返ったら、十歳にはなっていないだろう小さな女の子が立っていた。

「綺麗なお洋服。お兄ちゃんは誰？」

誰、と問われて最適解に迷い咄嗟の返事ができずにいると、母親らしき女性が必死の形相で走り寄ってきて、やめなさい、と少女を叱《しか》った。次に、京に対して謝罪の言葉を告げようとしたのだろう、真っ青になって口を開きかけたところで、いつのまにそばにいたのか麗静が「構わない」とそれを制した。

そののちに彼は右手で少女の頭をそっと撫で、少し身を屈《かが》めてこう言った。

「彼はこの街を守る人物だ。そのために行かなければならない場所がある。わかってくれるなら、彼が自身の役割を果たすべく歩き出せるよう、手を離してはくれないか」

そんな説明が子どもに理解できるのだろうか、という疑問は必要のないものだったらしく、少女は少しのあいだじっと麗静を見つめたあと、花開くようにぱっと笑って京の服から手を離した。同時に、大きな声で「行ってらっしゃい！」と告げられて再度驚き、それから、胸につかえていた小さな棘《とげ》みたいなものが一瞬であれすっと消えたような気がしてつい笑い返す。

行ってらっしゃい、か。あまり縁のない言葉だ。少女がなにをどこまで把握したのかはさっぱりわからないが、ああだこうだと考え込んでいるくらいならとにかく行ってみろ、と背中を押されたような気がした。

「あんた、案外子どもに優しいんだな」

少女と手を振りあい別れてからひそひそと声をかけると、麗静はちらと京を見て「子どもであれ大人であれ悪意のないものは重んじる」と答え、また道を案内するように京の先に立った。彼の返事になんだか心があたたかくなるのを感じ、先ほどまでよりもいくらか弾んだ気分でその後ろを歩く。

　重んじる。すなわち価値あるものとして尊重する、といったところか。この男は街を治めるもののひとりとして、霧幻城とそこに暮らす人々を本当に大事なものであると考えているのだろう。

　ごちゃごちゃと行き交う人々の隙間を通りつつ道を進んで、そののち十五分ほどたったころか。先日男四人に囲まれて目覚め、銃を片手にした少年、仔空に助けられた賭場に辿りついた。

　とはいえ、目に映る建物が確かに知っているものであるとは一瞬気づかなかった。それほどに雰囲気が違ったからだ。夜には賭け事に興じる男女の野卑な声が聞こえる不穏極まりない場所だったのに、いまは昼の陽が射し子どもたちが笑い声を上げながら出入りする、粗末ながらも明るい学校に様変わりしている。

「西地区と南地区の境にあるここで廉が発見されたのは、子どものころに通った学校だったからではないか。無意識ながらも君は、楽しい思い出の残る慣れ親しんだ場所へ足を運んだんだろう」

　想像しなかった夜と昼の差異にぽかんと口を開けている京へそう声をかけ、麗静は開け放たれている扉から建物へと入った。その彼を慌てて追いかけ、酒を片手に騒いでいた大人のかわりに、座り込んでぼろぼろの本を広げている子どもたちを横目に見ながら、先日も通った廊下と階段を辿って銃弾のめり込んだドアの前に立つ。

「私だ」

軽いノックのあとに麗静が言うと、ドアの向こうから「入りなよ」という劉の声が聞こえてきた。それに従い踏み込んだ部屋は昼の空気を裏切り、あの日と同じく賭場の主の仕事場に相応しい夜の気配を漂わせている。

「昨夜電話で伝えた通り、朱雀を保護してくれた礼に来た。宇航」

部屋の中央に立った麗静に名を呼ばれた宇航は、机の前に座っている劉に歩み寄り手にしていたアルミケースを差し出した。劉は特に言葉もなく受け取りケースを細く開けて中身を確認してから、ようやく顔を上げ麗静を見てにやりと笑いかけた。

「西地区の代表者様は頭がいい。おれがなにをもらえば一番よろこぶかよくご存じだ。こんな真っ昼間に、睡眠時間を削って待っていたかいがあるってもんだ」

「夜の街を取り仕切るものへの礼になるなら結構だ。朱雀を見つけてくれたことに感謝する」

「ああいや、実際にその男を見つけたのは仔空だ、おれの雇ってる情報屋だよ。まだ子どもなのにそこいらの大人よりよっぽど使えるやつだ。そういやあんたは仔空を知らないよな、今日は野暮用で下に来ているから会うか？　といってもあんたらはそれほど暇じゃあないな。冗談だよ、用事がすんだらさっさと帰ってくれ」

　アルミケースを机横の棚にしまいながら劉が告げたセリフを受け、どうする、と問うように麗静から視線を向けられたので、少し考え「助けてもらった礼を言いたい」と答えた。麗静は京の意思を重んじることにしたらしく、劉に向けて短く頼んだ。

「会わせてくれ」

「は？　本気で言ってるのか？　お忙しい代表者様がわざわざ時間を割いてまで顔を見るような、無垢《むく》で可愛いいたいけな子どもじゃないぞ。おれの下にいる以上はそれなりに汚い仕事もする、いっぱしの悪党みたいなもんだ。それでも会いたいのか？」

「君が使えるやつだと評価するからには、ただの悪党ではないのだろう。なにより朱雀の思いを無視はできない」

　驚いた顔で聞き返した劉に、麗静は淡々と返した。劉はいくらか眉をひそめ唸ってから無言で部屋を出ていき、数分後に仔空を連れて戻ってきた。

　先日は男四人を脅しつけ、賭場の主と対等な口をきいていた大人顔負けの少年は、いかにもおっかなびっくりといった様子で劉の背後に立っていた。あのとき銃を構え自分の手を引いてくれた仔空とは別人のような姿に、霧幻城の、というより夜の街の住人にとって代表者とはそうも恐ろしい存在だと認識されているのかと少々びっくりする。

　劉は「こいつは雇い主に似て上品な言葉づかいなんて知らないぞ」と言ってから、仔空の肩を掴み麗静と京のほうへ突き出した。彼は長身の麗静を見てまず可哀想なくらい派手に硬直し、そののちに京へ視線を向け目を見開いた。

「あんた、このあいだ賭場の裏にひっくり返ってた天選民か。格好が違うから一瞬わからなかった」

「あのときはどうもありがとう。助かったよ。おれの名前はその、なんだ、ええと」

「彼は朱雀で、私は白虎だ」

京だ、廉だ、どちらを名乗ればいいのかに迷い口ごもっていると、隣に立つ麗静がそう告げた。助け船を出したつもりなのだろうが仔空には逆効果だったようで、彼はますます目を丸くし一歩後ずさった。

「す、朱雀？　あんた朱雀なのか？　悪い、おれは西の代表者の指示で劉が天選民を探してるってことしか知らなくて、だから」

「君が仔空か。私からも朱雀を見つけてくれた礼を言おう、劉からたっぷり報酬をもらうといい。まだ年若いのに優秀な人物だと聞いているが、君はいくつになるんだ？」

怯んでいる仔空に構わず問いかける麗静の声は、宇航をはじめとする配下に接するときと同じく淡々としており、特に優しくも冷たくもなかった。鋭利な美貌やひんやりした雰囲気も相まって、はじめて聞くものには怖いと感じられるかもしれない。しかし、仔空を子ども扱いしない態度は京の目には好ましいものとして映った。

半ばひっくり返った声で仔空が「十五だ」と答えると、麗静は僅かばかり目を細めて続けた。

「そうか。君が十五歳で二代目朱雀と出会ったのと同じく、私も十五のころに初代朱雀と知りあった。奇遇だ」

「……代表者が、……おれみたいな賭場の下っ端に会っていいのか。しかもふたりそろって？　おれはその日のメシを食うためになんでもする悪ガキだ、あんたたちの視界にいていいやつじゃないだろ」

「私と朱雀の判断でいま我々は君の前にいる。朱雀は君に礼を述べたいと願い、私もそれに賛同した。そもそも私たちには誰かに会ってはならないという決まりなどない。その日食べるもののためになんでもするのが悪ガキなら、私も十五のころは悪ガキだったな。しかし、この街には許される悪事と許されない悪事がある。仔空、わかるか？」

脅す、言い聞かせるというのではなくただ確認するように訊ねた麗静に、仔空は何度も頷いて返した。部屋に入ってきたときほどではなくとも、まだ白虎に気圧されているらしい。その様子を目にし、霧幻城における代表者の立ち位置を見せつけられた気がした。

この街では、昼の道では畏敬の念をもって密やかに名を囁かれ、一方、夜に賭場の裏で銃を構える少年には怖じ気づかれるくらいに、代表者がある意味二面の権力を持っているのだ。

その後賭場の主とひとつふたつ言葉を交わしてから、麗静は劉に背を向け先に立ってドアに手をかけた。彼が今日賭場兼学校を訪れた目的は、単に京を見つけた礼をすることだけだったらしい。

部屋を出ていく麗静の背を追い立ち去る間際に、振り返って小さく仔空に手を振ると、彼は一瞬きょとんとしたのちに、はじめて見る子どもっぽい笑顔で手を振り返してくれた。出会いが出会いであったからか、仔空は、少なくとも自分のことはさほど怖がっていないらしいとなんとなくほっとする。いくら偶像であらねばならないとはいえ、命の恩人にまで怯えられ、感謝の気持ちがこれっぽっちも伝わらないのはいささかさみしい。

再び街の人混みに交じった麗静は、京と宇航を連れ、次に賭場から五分ほど歩いたところにある比較的新しい建物を訪れた。ドアノブに手をかけながらあとに続く京にこう説明する。

「ここは朱雀の取り仕切る南地区の第一事務所だ。代表者が確保したルートで天選界から仕入れた食料品や日用品の販売を管理するもの、住まいや店舗、上下水道や電線、ガス管等の建築整備を管理するものを呼んである。顔合わせをしておこう」

「……おれはなにもわかってないが、大丈夫なのか？」

「君が私とともにいるあいだに、とりあえずは街の主要人物と姿だけでも互いに確認しておいたほうがいい。朱雀がすべき仕事は追い追い覚えるから心配するな。今日のところは管理者たちの顔、および彼らと我々の関係性を君が把握してくれれば充分だ」

その言い分から、麗静が本気で京に南地区を任せるつもりであることを、そしてそれに向け本人に是非を問わず動きはじめていることを改めて知り、若干の戸惑いを覚えた。行ってらっしゃいと少女に声をかけられいっときは消えていた小さな棘が蘇り、ちくりと胸を刺す。

自分はそもそも朱雀を継ぐべき廉とは別人なのだ。資格がないのだ。なのに麗静が廉のために用意した階段を、平気な顔をして上っていいものか。

とはいえここでそっぽを向くわけにもいかず、建物に入っていく麗静についていくと、先に来て待っていたらしきふたりの男が慌てて椅子から立ちあがりこちらに深く礼をした。見る限りどちらも四十歳くらい、街中を歩く人々よりはくたびれていないがやはり時代遅れの服を身につけている。机と椅子がいくつか向かいあって置いてある事務所内は狭いながらも整えられており、銃だのナイフだのが無造作に放ってある劉の仕事場とはずいぶんと雰囲気が違った。

麗静はまず「初代朱雀の息子、二代目朱雀だ。今後君たちの上に立つのは彼になる」と京を彼らに紹介したのち、隣の椅子に座らせなにやら話をしはじめた。管理者たちからの報告を聞き、それに対して麗静がいくつかの指示をする、そんな静かなやりとりが淡々と続く。

彼らが交わす会話には知らない単語が山ほど混ざっていたため、その内容はほとんどわからなかったが、夜の街を取り仕切る劉とは異なりふたりの男は終始折り目正しくまた従順で、麗静を絶対視していることは伝わってきた。彼らが漂わせる緊張感は、道を歩いていた人々から寄せられる視線に感じた敬意とはまた異なるひりひりしたもので、麗静の持つ権力の強さが垣間見《かいまみ》える。

二十分間ほどで打ちあわせが終わり、最初と同様丁寧に頭を下げる彼らに短く労《ねぎら》いの言葉をかけ事務所を出た麗静は、道へ足を向ける前にその場で京へ簡単な説明をした。

「代表者が政における直接的な指示を出すのは、基本的には彼らのような管理者のみだ。私の指示は管理者から他のものへと伝わる。夜の街に関しても、売春宿や薬物売買まで取り仕切る賭場の主、ある意味管理者である劉を通し私の命が届くようになっている。そして、我々の手配で仕入れた品の代金や土地代、光熱費といった金銭が管理者を通し代表者へ渡される」

「……いまさらだけど、あんた偉いんだな」

長身の男を見あげてついそう洩らすと、麗静はこれといった表情は浮かべずに言った。

「単に偉いわけでなく、代表者はそうあらねばならないんだ。人々の心に我々への畏敬、畏怖がなければ、昼であれ夜であれ、霧幻城を維持すべき指示を街の隅々にまで行き渡らせることはできない」

「力があるというよりも力を形作っているわけか。なあ、あんたはおれに、その代表者のひとりになれと言ってるんだよな。おれはなんの権力もない平社員でいたい男だよ、それが気楽なんだ。そんなやつに地区ひとつ任せるつもりか、無理だと思わないか」

「君が持つ裏のない真っ直ぐな精神は、霧幻城にとって財産になるだろう。なにより君は初代朱雀の血を引くものだ、私は心配していない」

初代朱雀の血を引くものだ、麗静がそう言い切ったので肩が落ちた。どれだけ人違いだと訴えてもやはりこの男は自分を廉だと信じて疑わない、それがどこか申し訳なく、また正直重くもある。

なのに自分は彼の隣から逃げ出そうとはしないのか。

「廉もある程度は昼の街の様子がわかっただろうから、ここからは少し近道をしようか。宇航」

麗静が少し離れた場所に控えていた配下に声をかけると、彼はにっこり笑って「はい」と応え、そこからは先に立っていくらか狭い道へ足を踏み入れた。周囲に店がないせいか、老若男女であふれ返り窮屈だった先ほどまでの道とは異なりひともまばらで、活気はないが歩くのは楽だ。

はじめてこの世界を訪れた夜も、宇航、京、麗静の順で細道を辿ったから、こういったひとけの少ない道では護衛が先に歩くという習慣があるのだろう。確かに人々が行き交う往来より危険が多いかもしれない。

強い風が吹いたのは、細い道を歩きはじめて数分がたったころだった。気づかぬうちに緩んでいたらしいレースのマスクが解け、急な強風に飛ばされそうになる。

なにを考える間もなく、咄嗟にその場でジャンプし片手でマスクを摑んだ。それがかえって目立ったらしく、あたりにいた幾人かが途端にざわめき出すのがわかった。マスクの外れた顔に痣がないからだというのはさすがにすぐに理解でき、自分の迂闊《うかつ》さについ舌打ちする。

道の奥に座り込み話をしていた三人の男たちが突然襲いかかってきたのは、不意に充ちた不穏な雰囲気に京が眉をひそめたその数秒後だった。うちひとりが天選民がどうのこうのと言っているのはわかったものの、一瞬で全身に広がった危機感のせいではっきりとは聞き取れない。

宇航が咄嗟に道を塞いでくれたが、それをすり抜けたひとりがナイフを手に京の懐へ突っ込んできた。ぎらりと光る刃物を目にし、なぜか恐怖とは異なる一種の興奮が湧きあがる。

きんと耳鳴りがして人々のざわめきが遠くなった。

瞬時に身を低くしてナイフをかわし、その体勢のまま靴裏で男のナイフを蹴り落としたのは、ほとんど反射的な行動だった。蹴られた手首を押さえ呻いている男を麗静が地面に

組み伏せる姿が、妙に眩《まぶ》しく目に映る。それだけ自分の神経が高ぶっているのだと、ちかちかする視界を意識してはじめてはっきりと自覚した。

京、というより天選民しか見えないほどに興奮していたのか、男たちはそこで麗静の存在にようやく気づいたようで、「白虎様」と呟き顔色を変えた。京にナイフを向けた男も同様らしく、麗静が黙ったまま彼を押さえ込んでいた手を離すと慌てて身を起こし、掠れ震える声で「申し訳ありません」と告げた。余程麗静が怖いのか他のふたり以上に真っ青な顔をしている。

それ以外になにをしたらいいのか思いつかなかったのだろう、三人の男は一度頭を下げてから道の奥へつんのめるように逃げていった。麗静は、彼らを追いかけようと一歩足を踏み出した宇航を「構うな」と止め、そちらへ行けというように右に枝分かれするさらに狭い道を指さした。はじめてこの街に来た夜に通ったような、両側から建物が迫ってくる頼りない道だ。

「放っておいていいんですか？　やつら、廉様に危害を加えようとしたんですよ？」

麗静の指での指示通り、ひとけが少ない、どころかまったく他人の気配がない細道を歩きながら宇航が問うと、麗静は「あの様子ではもう悪さもしまい」と答えた。それから、ここまで来れば人目も届かないと判断したのか再度宇航の足を止めさせ、京が握っているマスクを受け取り塔でそうしたときよりもしっかりとつけ直す。

その間も、肌がひりひりするような感覚がなかなか去らず、そんな自分に困惑した。自分はどうしてこうも高揚しているのだろう。そもそも、ナイフを構えた男にいきなり襲いかかられて、なんの訓練も受けていない人間が咄嗟にかわせるものなのか？　なぜ自分はあんな芸当ができるのか。

「やはり、むかしもいまも天選民を敵視するものは一定数いるようだ。顔を隠していれば問題ないだろうと不用意に街を連れ回した私が悪かった。時期尚早だったな。廉、大丈夫か？」

麗静は、高ぶりを持てあましつつ考え込んでいる京を見てなにを感じたのか、いやに優しくそう声をかけてきた。見知らぬものからいきなり襲われた恋人が、恐怖のあまり口を開けずにいると思ったのかもしれない。

「大丈夫だよ。そもそも悪かったのはちゃんとマスクをしてなかったおれだ。でも、自分がどんなふうに見られる可能性があるのか早めにわかってよかった。地属民の痣がないと、ここまでされるもんなんだな」

別に怖がってはいないと示すためにはっきりとした声で返したら、麗静はまず京のその態度に満足そうに目を細めた。それから少し考えるような間を置き、口調をいつも通りのものに戻して言う。

「さきほども説明した通り、刺繍入りのチャンパオを着るのは高い地位にあるものとその身内くらいのものだ。チャンパオをまとう人間に生半可な覚悟で手を出すものなど普通はいない、失うものが大きすぎる。彼らは、廉の身なりにすら気が回らないほど天選民を見て驚いたのか、あるいは天選民だから特別な服を着ていると勘違いされたのか」

「あいつら、あんたがいることにすら気づいてないみたいだった。単に頭に血が上ってたんだろ」

「まあそうなのだろうな。しかし、相変わらず君は腕が立つようなので安心したよ。強い男は頼もしい」

そこで麗静は片手を伸ばし、ごく自然に、そして実に愛おしげに京の髪を撫でた。先ほど子ども相手に取った行動に似ていて、だが、まるで違う手つきだと思う。

なんだかくすぐったいようなむずむずするような、あまり経験のない感覚に囚われ妙な顔をしてしまった。強い男は頼もしい、そんなふうに評されて少しも嬉しくない男はいないだろう。

「おい、おれはもう大人だぞ。子ども扱いしないでくれよ」

そうか、自分はこの男に褒められて嬉しいのかと改めて認識したら途端に照れくさくなり、麗静の手から逃げながら笑って言った。同時に、唇にキスされてから心の隅にくっついていた動揺のようなものも溶けていく。

きっと自分は麗静に少しずつ慣れはじめているのだろう。大切に扱われ口説かれ優しくされ、警戒を解きかけている。

珍しい、というより知らなかった京の笑顔を目の当たりにして驚いたのか、麗静は幾度か目を瞬かせ、それからまさに愛するものだけに向ける蕩けるような笑みを美貌に浮かべた。彼の微笑《ほほえ》みは何度か見たことがあったが、ここまで甘ったるい笑顔を目にするのははじめてだと、その表情になぜかどきりとしながら考える。

ふたりの距離がそれだけ縮まっているということか。いいかえれば、エレベーターの前で抱きしめられたあのときから距離など取ろうとしていなかった麗静に、自分が徐々に近づいているのか？

同性にキスをされても嫌悪感が湧くどころか、認めてしまうならば胸が高鳴ったし、頭を撫でられ褒められれば嬉しくて笑ってしまう。こんな反応を自覚しておきながら、優しく真摯《しんし》にときには強引に愛情を向けてくる麗静を、ただ厄介なやつだとはねのけることなんてできない。

いまの自分は、霧幻城の偶像であるべき冷血な白虎の、廉を溺愛しているがゆえの人間くさい面に好ましさを覚えているのではないか。根無し草でしかなかった現実世界からトリップした先の異世界で、生きるための愛想笑いを放棄しそのうえで正直に笑えるのは、単に解放感によるというだけでなく目の前に麗静がいるからこそなのだと思う。

この男とともにいるのは、快い。

自分は彼の求める廉ではない、それでも麗静のそばにいていいだろうか、許されるか。そんな考えがふと頭に浮かんできたのはつまり、このままずっと彼のそばにいたい、と感じはじめている証拠ではないか？

その後十分ほど歩き辿りついた朱雀塔は、白虎塔とまったく同じ外観をしていた。ふたつが一緒である以上はおそらく、霧幻城を睥睨《へいげい》する四つの塔はすべて等しい造りなのだろう。

入り口のコンクリート扉横にもやはり白虎塔同様、虹彩認証装置が取りつけられていた。麗静の説明によると五年前から四塔すべてにこのシステムを導入しているらしい。

黒いレースのマスクを外したあと、塔の主なのだからとまずはじめに虹彩パターンの登録をさせられ少し戸惑った。京がひとりでも朱雀塔へ出入りできるようにと麗静が平気でここまでするのは、相手を廉だと信じ込んでいるからだが、自分は朱雀となるべき初代の息子ではないのでどうにも気が引ける。

そのあと麗静は二十九階にある執務室に京を連れていき、宇航に「柳《リーウ》を呼んできてくれ」と頼んだ。配下の名前なのだと思う。宇航が指示に従い部屋を去ってから、少しばかり気になったことを麗静に訊ねた。

「なあ麗静。柳というのはきっと苗字《みょうじ》だろう？　宇航は名前だよな、なんで苗字で呼ばないんだ」

「ああ。宇航の姓は任《レン》だ。紛らわしいので彼のことははじめから宇航と呼んでいる」

それだけ親しいからだとか、人一倍大切にしている配下だからだとかではなく、実に単純な理由だったので拍子抜けして「そうか」とひと言返した。そののち、つまり麗静は宇航を配下としたときに、廉は必ず戻ってくるので彼を任とは呼ばないと決めたのかと思いいたり、なんだか複雑な気分になる。

あなたが生きて戻ってくると、よく信じ抜けましたよね。そんなことを言ったのは宇航だった。しかし彼が廉を失ってから十年、霧幻城を訪れたのは違う男だったというわけだ。十年ぶりに恋人が生きて戻ってきたよろこびを嚙みしめている麗静の心中を想像すると、自分に落ち度はないとしてもさすがに胸が痛む。

表情から京の感情をいくらか察しはしたのだろうが、心配するなというように穏やかな目をしてひとつ頷いただけで特に言及はせず、麗静は簡単に執務室の説明をした。ちなみに白虎塔の二十九階にも同様の部屋があるらしい。

執務室はいかにも権力者の仕事場といった様子で、部屋の奥にはL字型のどっしりとした執務机があった。そこから少し離れた場所に、秘書机というのか、配下が使うのだろうこれもそこそこ大きなデスクがあり、一面の壁は書類棚で隠されている。秘書机にも棚にも書類が並んでいるのに執務机が綺麗なままなのは、そこに着くもののためにあえて空けてあるのだと思う。

はじめて見る室内をきょろきょろと観察していると、少ししてドアがノックされ「柳さんを連れてきました！」という宇航の声が聞こえてきた。入りなさい、という麗静の指示で開いたドアから入ってきたのは、宇航と、彼とは真逆のタイプに見える細身の男だった。三十歳くらいだろうか、細い銀縁の眼鏡《めがね》をかけており、宇航と等しく控えめな色合いのチャンパオを身につけている。

「お疲れさまです、白虎様。先日はご連絡をありがとうございました。二代目朱雀となる廉様が戻られたとのこと、私は過去にお会いしたことがありませんが、そうしたものも含め塔のみなが安堵しています」

どことなく近寄りがたさを感じさせる男はその通り、愛想がいいとはいえない淡白な口調で言った。地属民の持つ痣は額に浮き出ている。

「はじめまして、廉様。柳です。よろしくお願いします」

深く一礼してから柳がじっと自分を見つめたので、どう挨拶を返したらいいものかと幾ばくか困った。自分は廉ではなく東野京だ、人違いなんだ、とここで告げるのもおかしい気がする。

麗静が黙っているので、とりあえずは玄武たちに対するものと同じスタンスでいればいいのかと判断し柳に応えた。

「はじめまして、よろしく柳。ええと……麗静はおれを二代目朱雀だと言うが、おれにはこの街の記憶がないんだ。十年前からその、違う場所で暮らしていた」

「白虎様から大まかなところは聞いています。記憶喪失、ということでしょうか」

「まあそう……なんだろうな。正直、おれ自身もまだ戸惑っているんだ。みっともなくて悪い」

嘘のようで嘘ではないぎりぎりのセリフを選ぶと、京と柳の様子を見ていたらしい麗静がそこでようやく口を開きこう言った。

「廉。柳はもともとは初代朱雀の配下で、現在は、代表者の承認を要する事項を除きこの塔の管理をほぼ任せている。朱雀塔と南地区についてはよく知っているので朱雀のすべき仕事はひと通り彼から聞きなさい。もちろん私からも教えるが、緊急時、電話で話せるのは互いが塔にいるときだけだから、どちらかが外出中ですぐには連絡が取れない場合は柳を頼るといい」

「ああ、昨日から気になってたんだ。携帯電話は？」

「ない。天選界にはそうした機器が存在するようだな、初代朱雀に聞いたことがある。しかしこの街には通信に必要な電波を広く飛ばす資金的余裕がない。電話線が引かれているのもごく一部の施設のみ、四つの塔および管理者が仕事をする事務所くらいのものだ」

あっさりと答えられて少々びっくりし、そののち、確かに先日劉は携帯電話ではなく古びた電話機で麗静と話をしていたなと思い出した。賭場の上階にある物騒な部屋に白虎塔へと通じる電話機があったのは、劉が麗静曰く夜の街の管理者であるからだろう。とすれば自分が賭場で目覚めたのは幸運だったといえる。

「他地区との調整については宇航のほうが詳しいか」

麗静はドアの前に立っている宇航にいったん目をやり、すぐに京に戻して続けた。

「宇航は私に最も近い場所で南地区を見てきたので、北、東に対してどうふるまえばいいか理解している。これからしばらくは柳に君を預け、宇航には私と君のあいだを行き来してもらおう。私も可能な限り日に一度はここへ顔を出す。とりあえずは三か月この態勢でやる」

「……つまりあんたはおれに、三か月のあいだにここで朱雀の仕事を覚えろと言ってるわけだな？」

麗静にそのつもりはないのかもしれないが、じわじわと外周から追い詰められている気がしてつい眉をひそめると、麗静は僅かばかり困ったように「そんな顔をしないでくれ」と言ってから、京の両腕を摑んで続けた。

「期限を決めて見定めると玄武に告げた以上、まずは三か月を目処《めど》に、互いに様子を見てみようという意味だ。実務については我々がすべて教える。なにかあれば必ず助ける。だから君は過去を無理に思い出そうとしなくていい。すべて最初から、もう一度はじめよう。おのおのが役割を理解することも、私との関係も、はじめからだ」

「……そうじゃなくておれは」

「君が自身を何者だと考えていようと構わない。頼む。もう私の前から消えてしまわないでくれ」

腕を摑んだまま真っ直ぐに見つめられ、さらには先日言われたのと同じようなセンテンスを口に出されてうまく反論できなくなった。たとえば、おれは廉じゃないんだ、あんたの勘違いだと訴えたところで麗静はこれまで同様聞く耳など持たないだろう。無駄だ。

しかたがないので曖昧に頷いて返すと、麗静はほっとしたように微かな笑みを見せた。その表情を見て、少しの切なさを覚えた。

十年間恋人を探し続けていた彼が、自分をそばに置くことでいまこうして笑えるのならば、この霧幻城で朱雀として暮らすのも悪くないか。どうせ現実世界にいたところで自分の正体もわからないまま愛想笑いを浮かべることしかできないのだから、彼の言うように異世界ですべて最初からはじめるのもいいのかもしれない。というよりそれがきっと最善手なのだと思う。

自分を十年前に消えた廉だと信じ大切に扱ってくれる麗静を騙している、裏切っているようで心痛まないといえば嘘になる。しかしここで姿をくらますのも、麗静をまたひとりにしてしまうと考えれば等しく胸が痛む。

こんなふうに感じるくらい自分は彼のことが気になっているのだ。キスにときめいたのも褒められて嬉しくなったのも事実だし、彼が微笑めばそれが失われなければいいと感じる。

であればわざわざ自ら離れる必要もないか。そもそも、なにを言っても自分を愛する廉だと信じて疑いもしない麗静が離してくれまい。

「では柳、廉をよろしく頼む。私と宇航は西地区で二、三所用があるのであちらに戻る。夕刻以降は白虎塔にいるから、なにかあれば連絡しなさい」

ようやく京の腕を離して麗静はそう告げ、「承知しました」と言って頭を下げた柳にひとつ頷き、宇航がドアを開けた執務室の入り口に足を向けた。それからなにを考えたのか彼は最後に振り返り、いやに真剣な声でこうつけ足して部屋を出ていった。

「無駄なく無理なく、慎重に進めてくれ」

麗静が残したその言葉はつまり、新しい朱雀に的確に仕事を教えること、ただし負荷をかけすぎ潰《つぶ》すようなやりかたはするなという、なかなか難度の高い柳への指示なのだろう。麗静にとって廉は、決して傷つけてはならない繊細な細金細工みたいなものなんだなと改めて思う。

そうも大事にされると逆に、多少無理をしてでも精一杯頑張らねば彼に悪いような気がしてしまうのはなぜなのか。朱雀として暮らすのも悪くないか、それがきっと最善手なのだ、先にそんなふうに考えたが、いまの自分は無意識下にももっとずっとはっきりと、朱雀という立場を受け入れようとしているのかもしれない。

「廉様は、天選界へ戻りたくはならないのですか」

麗静と宇航が去ったドアを見つめて考えていると、柳から不意にそう訊ねられたのでつい振り向いた。霧幻城を訪れてまだ数日しかたっていないとはいえ、そうした問いを投げかけられたことがなかったので少し驚く。

「……別に。どこで暮らそうとおれはおれだからな」

いくらか黙って考えてから、単純にそれだけを口にした。天選界どころか自分はこの世界のものですらない、とここで言うべきではないことくらいはさすがにわかる。

柳は京の返答を聞き、特に言い聞かせるでもない淡々とした調子でこう告げた。

「確かにどこで暮らそうとあなたはあなたに違いないでしょう。しかし、我々のような地属民の痣なきものが、こんな荒んだ街で生きる必要などないのですよ」

これもまたはじめて耳にする他者の意見に、すぐには返事ができなかった。じっと柳を見てみても、霧幻城に似合わない自分が朱雀としてひとの上に立つことを不安視しているのか、あるいは恵まれた土地で生活する選択肢もあると諭されているのか、その無表情からは読み取れない。

「差し出がましいことを言いました。申し訳ありません」

しばらくふたり無言で見つめあったあと、柳がそう謝罪したので、片手を振って「いや」と流した。心中の見えにくい男ではあれ彼は詫びるべきことなど言っていないだろう。単に自分の今後について親身に考えてくれただけかもしれないし、とすれば優しい人物だともいえる。

だが、たとえそうした身の振りかたもあるのだと示されたところで、天選界とやらで暮らす自分の姿は想像できなかった。柳の真意がなんであれ、自分の居場所は麗静の隣だ。だから彼が霧幻城にいる以上は自分もここにいなければならない。

麗静とともにいるのは快い。このままずっと彼のそばにいたいと感じはじめているのではないか。柳の言葉をきっかけにして、先ほど街の片隅で考えたようなことを改めて意識し、ふ、と小さな吐息を洩らした。

ついいましがた去ったばかりなのに、麗静のいない空間はなんとなくさみしい。そんなふうに思っている自分はいつのまにか、もはや疑問形ではなくはっきりと、彼のそばにいたい、そう願うようになっていたのだ。

　それからしばらくを朱雀《すざく》塔ですごした。塔は外観のみならず内部も知る限り白虎《びゃっこ》塔と同じ造りで、最上階の三十階が主《あるじ》のプライベートエリア、二十九階に執務室、五階に応接室があり、あとは各部署のオフィスや配下たちが寝泊まりする私室となっていた。塔に勤めるものはみなここで生活をともにしているのだという。

　塔内および南地区を管理するための基本的な仕事は主に柳から、外部との事務的なやりとりに関しては宇航から、政治的な諸々《もろもろ》の交渉手段については麗静から教わりつつすごす日々は、忙《せわ》しないながらも案外楽しかった。根を張る場所のない現実世界で一会社員として、誰《だれ》からも浮かないように、変に目立たないようにと唱えながら愛想笑いを顔に貼《は》りつけているより余程充実している。

　初日に、一年間白虎塔の長との兼任だった麗静のもと働いていた配下たちと、簡単な顔合わせをした。思っていたよりたくさんのひとが塔にいるのだなと少々驚く程度には人数が多く、すべての名と顔を一致させて覚えることはできなかったが、見れば朱雀のものだとわかるくらいには把握した。

　その翌日からは実務に取りかかった。霧幻城南地区におけるライフラインの維持、および食品や生活用品等の確保のために、天選界、あるいは他地区や、地属界にある霧幻城以外の街との調整を行うのが朱雀としての最も主だった仕事だった。いままでは麗静と宇航、柳が手分けしてこなしていたそれらの作業を、今後は京と柳で担うことになるわけだ。

　昨日今日突然霧幻城へ現れた男であれ、二代目朱雀として口を開けば塔のものも管理者たちも真摯《しんし》に話を聞いてくれたので幾ばくか安堵《あんど》した。と同時に、彼らにとって自分は異世界から訪れた謎《なぞ》の人物ではなく、十年ぶりに戻ってきた初代朱雀の息子、廉に他ならないのだと実感する。

　執務机に着き書類の束を睨《にら》みながら、こうなったらもう二代目朱雀になりきるしかないと腹をくくった。配下に挨拶《あいさつ》をして役割をひとつひとつ覚えて、いまさら、自分は廉ではないのだと主張するのはあまりに身勝手な気がする。

　大体、本当にこの椅子《いす》に座るのがいやならば、麗静がなにを言ったところで絶対にごめんだと拒絶し頑として譲らなければよかっただけの話だ。なのに実際は大して抵抗もせずいまここにいるのだから、自分は朱雀塔へ連れてこられたときにはすでに、代表者という立場を受け入れていたということにならないか。

　麗静のそばにいたいと思った。その微笑《ほほえ》みを失いたくないと感じた。ならば彼の望み通り二代目朱雀として白虎を助け霧幻城の柱のひとつとなろう、それが麗静の隣にいる要件だ。

　宇航がひとりで事務書類を携え姿を見せたのは、京がはじめて朱雀塔へ連れてこられてから一週間ほどたったある日の午後だった。ちなみに麗静は急用が入りいまは白虎塔から動けないため、のちほど手が空いてから朱雀塔を訪れる予定であるらしい。京が朱雀塔へ居を移した初日に告げた、可能な限り日に一度はここへ顔を出す、というセリフを彼はいまのところ律儀にも遵守している。

「麗静様は本当は廉様に白虎塔にいてもらいたいんだと思いますよ」

書類を処理したあと少し休憩を取ることにし、宇航とふたりで執務室の窓際に立ちのんびり街を見下ろしながら世間話をしていたら、彼が不意に話題を変えてそんなことを言ったのでいささか驚いた。聞いているのかいないのか柳は秘書机でひとり黙って茶を飲んでいる。

「というより、四六時中そばにいたいんでしょう。ようやく見つけた大切なひとを、霧幻城のありようを保つためとはいえ、白虎塔から離れたここへ送らなければならないのは結構きつかったんじゃないですかね。時々こっそりさみしそうな顔をしてます」

つい目を向けると、宇航も京に視線を返していたずらっぽく笑い、まったく遠慮のない口ぶりでなかなか突っ込んだ発言をした。麗静曰《いわ》く彼の最も近い場所にいる配下は、仕事上の長というよりひとりの人間として白虎を見ているのかもしれない。

「だって十年間も探し回ってたんですよ。生死も知れなかった相手がようやく目の前に現れたら、僕なら街がどうなろうとお構いなしにべったりくっついてますけどね。自分の感情より霧幻城の安定を優先するんだから麗静様は理性的です」

「……さみしそうか？　麗静が？」

「ええ。こうやって、執務室の窓から朱雀塔を眺めては切なげに溜息《ためいき》ついたりしてますよ。それから、むかしのことを思い出しているのか懐かしそうに廉様が書いた書類を見つめてたり、急にふっと無防備な顔をしたり、もう恋に足を捕らわれたうぶな男みたい。柄じゃないです。麗静様でもあんなふうになるんですねえ」

　恋に足を捕らわれた、というセンテンスに、抱擁やキスの場面を目撃されていたかのような錯覚が湧《わ》きあがってきて一瞬肩が強《こわ》ばった。それから、そうではない、というより宇航はそんな意味で言っているのではないと、頭の中でおのが焦りを打ち消し身体《からだ》から力を抜く。

　ただの比喩《ひゆ》だ。現状傍《はた》からは、冷血な白虎が二代目朱雀を必要以上に重んじているように見えるだろう。さらには、自分とともにあるときの麗静を指して可愛《かわい》いと言い、そのうえ麗静様は廉様のことが本当に大好きですからとまで告げた宇航には、冷たく鋭利な印象をまとう麗静が京の前ではしばしば感情を面に出すさまが微笑ましく感じられるのではないか。それをうぶな男の恋みたいだと表現しているだけだ。

　しかし実際には、あの男はきっと、宇航の言う通りまさに恋に足を捕らわれているのだと思う。だからいくら違うのだとくり返しても自分を愛する廉だと信じて疑わない。

　いっときの動揺を隠すため軽く笑って「偶像の白虎は本来人間なんだろ」と短く返し視

線を窓の向こうへ戻した。霧のかかる街を眺め、そこでふっと、いままで湧いたことのない不思議な感覚が頭の隅に生まれてまた密《ひそ》かにうろたえる。

宇航が口にした単語のどれかが再度の錯覚を呼んだのか、現実世界の繁華街で居酒屋から見下ろした眺めに重なるのか。眼下に広がる霧幻城に対し、どこかで見たことがあるのでは、というおかしな疑問を覚えた。

懐かしい、ような気がする。

そんな過去はないはずなのに、なぜだ。このところ忙しくしていたから、疲労ゆえの既視感に襲われているだけか？

「宇航。この荷物を倉庫へ運ぶ手伝いをしてください。朱雀塔の主を相手にいつまでくだらない話をしているつもりですか」

これといって身のないふたりの会話に呆《あき》れたらしい柳の声が背後から聞こえてきたので振り返ると、棚に並んだ書類を箱に詰めている姿が目に入り、なんだか申し訳ない気分になった。自分も手伝うと言ってはみたが、柳は「荷物運びなどあなたの仕事ではありません」と告げ、きっぱり京の申し出を断った。

荷物を抱えて執務室を出ていく宇航と柳を見送り、ひとり改めて窓の外に目を向けた。今度は眼下ではなく、霧の向こうに浮かぶ白虎塔を眺める。

麗静もこうして窓から遠い塔を見ては切なげに溜息をつくのだと宇航が言っていた。

時々こっそりさみしそうな顔をしています、麗静様は本当は廉様に白虎塔にいてもらいたいんだと思いますよ、とも告げた。自分の知っている麗静の姿から推測する限り、宇航の言葉は正確なのだろう。

玄武《げんぶ》、青龍《せいりゅう》と対面した際の彼は偶像であらんとする霧幻城の一代表者だった。優しさも甘さも人間らしさも排除した冷血な白虎だ。しかし自分と一緒にいるときには優しく甘く、人間くさく、ときには笑顔も見せる恋する男の姿をしている。麗静は、人違いであるのにその可能性など少しも考えられないくらい廉に惚《ほ》れている。というより溺愛《できあい》している。

さみしそうな顔、か。あの男は自分とともにいられずさみしいのか。霧幻城の代表者のひとり、朱雀として早く機能させねばならない、しかし本音はそばにいたい。自分に対しそう思ってくれるのだとしたら、たとえ別人に勘違いされているのだとしても、その胸中を完全には把握できずとも、嬉《うれ》しい、かもしれない。

なぜなら麗静のそばにいられないいま、自分も少しばかりさみしいから、なのか。

一日に一度は顔を出してくれるとはいえ、彼が朱雀塔に滞在する時間の大半は仕事の話に費やされ、この世界を訪れたばかりのころのように愛を囁《ささや》かれたり熱く口説かれたりすることはほぼない。それだけ彼も忙しいのだろう。そしてまた、京が二代目朱雀として南地区を仕切る力を身につけるまでは、そうした心情で相手を振り回さないよう気をつけてもいるのだと思う。

ベッドで抱き寄せられて眠った夜に感じたあたたかさを思い出した。キスをされたときの唇の感触までもが蘇《よみがえ》る。

男に抱擁だのくちづけだのされたら、普通であれば気持ちが悪くなるはずなのに、なぜかほっと安堵したりときめいたりした。日本の繁華街からこの異世界へトリップした夜にエレベーター前で、そうせねばいられないというかのように麗静に強く抱きしめられたが、あの時点ですでに自分は、彼が胸に宿す熱い愛情にあてられ無意識にも心を許しはじめていたのかもしれない。

霧幻城の偶像であるべき冷血な白虎の、廉を溺愛しているがゆえの人間くさい面に好ましさを覚えているのではないか。そう思ったのははじめて朱雀塔へ連れてこられた日だったように記憶している。そして柳と話をし、こうも感じた。

自分の居場所は麗静の隣だ。彼のそばにいたい。

執務机の端にある電話機が鳴り出したのは、つらつらとそんなことを考えているときだった。荷物を運び終えた柳と宇航が執務室に戻ってきたのとほぼ同時だ。

通常そうであるように主へ取り次ぐ前に電話に出ようとした柳と、一応は別の塔に属する人間だから話を聞かないほうがいいと思ったのか出ていこうとする宇航を止めて受話器を取ると、名乗る前に知らない声が聞こえてきた。

『青龍だ』

青龍？　まずは単純に驚き、それから、霧幻城へやってきたばかりのころ白虎塔の応接室で会った男の姿を思い出して少し眉《まゆ》をひそめた。剣呑《けんのん》さを感じさせる彼に対し正直苦手なタイプだと感じた。あのとき彼はひと言も喋《しゃべ》らなかったし、その後は書類だけでやりとりしていたので、いままで声を知らなかったのだ。

「……朱雀だ。青龍、そっちでなにかあったのか？」

苦手なタイプではあれ代表者は代表者なのだから電話を切るわけにもいかず、受話器を握り椅子に座って訊《たず》ねると、視界の端で宇航がぴくりと肩を揺らしたのがわかった。彼にとっても電話の相手が意外だったらしい。

一方目の前にいる柳は瞬《まばた》きのひとつもしなかった。一週間ともに仕事をしていてわかったが、自分とふたりきりでいるとき以外の麗静のように冷たく鋭利だとまではいわないにせよ、この男は大抵の場合淡白な無表情をしている。

『別になにかあったわけじゃない。ただ、おまえに内密に相談したいことがあるだけだ。白虎が二代目朱雀を見つけておれと玄武が会いにいってから大体十日、おまえにもそろそろまわりが見えてくるころだろ。電話じゃなくて直接顔を見て話そう。おれが朱雀塔へ行くとあれこれ面倒だから出てきてくれないか、なにも青龍塔に来いとは言わないよ』

特に挨拶もなく回線の向こうで青龍はそう言った。あれこれ面倒、か。内密にと求めるからには、朱雀の配下に知られるのがいやなのか、はたまた朱雀塔での出来事は現状白虎に筒抜けだからそれが気に食わないのか。いずれにせよあまり穏やかではない。

とはいえ、ここで拒否を示すのは得策ではないだろう。どんな理由をつけたとしても、一地区の代表者が他地区の代表者の申し出をあっさり退ければ、のちのち文句のひとつも言われるかもしれないし、そうなればそれこそ面倒だ。

いくらかのあいだ黙って考えたのち「わかった。どこへ行けばいいか教えてくれ」と答えると、青龍は満足そうに、は、と短く笑ってから詳細を告げた。

彼の指定した場所は東地区にほど近い南地区端にある第五倉庫とやらだった。足を運んだことはないが柳に連れていってもらえばいいかと、彼の言葉を復唱して「わかった」と返事をする。呼び出す場所が朱雀の管轄である南地区なのは、相手に警戒心を抱かせたくないという青龍の一応の配慮、あるいは計算なのだと思う。

『時間は二十分後だ。そっちの側近を護衛に連れてくるんだろうから道に迷いはしないよな。塔から下りて真っ直《す》ぐ来ればちょうどそんなもんだ』

「二十分後？　早い」

『おれは早くおまえとお話がしたいんだよ。じゃあまたあとで』

つい言い返した京の文句には耳を貸さず、青龍はそれだけを告げて電話を切った。ずいぶんと急な誘いに思わずぽかんとして無意味に数秒不通音を聞いてから、浅く溜息をつき受話器を戻す。

念のため白虎塔に電話をかけ知らせておこうかと思いはしたものの、麗静は急用で動けないそうなので邪魔をしないほうがいいと考え直し、再度上げかけた受話器から手を離した。そもそも、さっさと塔を出ないと青龍の指定した時間に間にあわないだろう。

「柳。南地区の第五倉庫とやらまで連れていってくれないか、二十分以内にだ。宇航、おれはこれからここを空けるから君は白虎塔へ戻ってくれ」

椅子から立ちあがって告げると柳は淡々と「承知しました」と答え、宇航は難しい顔をしつつも意見は挟まず一礼して執務室を出ていった。青龍が二十分後と言ったのは自分にあれこれ思案し行動する時間を与えないためか、とその背を見送りようやく気づいても、いまさらどうしようもないので相手の要求に従うしかない。

忍び寄ってくるうっすらとした不安を意識から追い払い、目もとを隠すマスクをつけて柳を連れ執務室をあとにした。麗静がいない状況で他の、簡単にいうならば敵対している代表者に会うのははじめてだ。確かに少々心細くもあるが、これも胸を張って二代目朱雀を名乗るために必要なステップなのだろう。

経路を知らないため柳を先に立たせ、老若男女が行き交ういくらか開けた道を歩いた。

下手にひとけのない細道を使うよりそのほうが安全だということなのか、単に最短距離で目的地へ向かっているのかは、柳からの説明がないのでわからない。

途中、ふわりとよいにおいが漂ってくるのを感じて目をやると、立ち並ぶ狭い路面店の隙間《すきま》に挟まってでもいるかのような、こぢんまりした露店が見えた。店に立っているのは十四、五歳だろう少女がひとりだけで、寄ってくる客の相手をしながら一生懸命商品を並べている。

視線を感じたのか少女がふっと顔を上げ、そこに京の姿を見つけて驚いたらしく一瞬手を止めた。それから嬉しそうな顔をして「朱雀様！」と声をかけてきた。

思い起こす限り言葉を交わしたことはなかったはずだが、管理者たちに会うためだったり単に街の様子を見るためだったり、チャンパオを身にまといマスクをつけてあちらへこちらへと南地区を出歩いているうちに、いつのまにか自分の姿は大人のみならず子どもにまで朱雀として認識されるようになっていたようだ。時間がないのは承知しているもののここで少女を無視するのも忍びなく、「少しだけ待ってくれ」と柳に声をかけ露店に歩み寄る。

少女の声にも呼ばれたのか、朱雀様だ、というざわめきが道に広がっていくのはわかった。それを背に受けながら眺めた露店には、よいにおいの正体らしき饅頭《まんじゅう》が並んでいる。

「うまそうだな。これはなにが入っているんだ？」

「豚の角煮です。朱雀様のおかげでいい材料が手に入ったので、亡くなった母が得意だった角煮にしました。おいしいですよ、召しあがりますか？」

なんとなく訊ねると、その年頃にしてはしっかりした言葉づかいで少女がそう答えたので、つい饅頭から目を上げた。亡くなった母、か。ということは彼女はいま、こうして露店に立ち自身の力で糊口《ここう》をしのいでいるのか？　それもまた人生とはいえ楽なものではないだろう、霧幻城がそうした人々も笑って暮らせる街であればいいと、こんなときには心底から思う。

どう返事をすればいいのか迷っていたら、すぐ後ろに歩み寄ってきた柳が「朱雀様。お時間が」と静かに告げた。これは本当にのんびりしていられないらしいということはわかったので、少し身を屈《かが》め目線の高さを合わせて少女に言った。

「ありがとう。私はこのあと用事があるから、また今度立ち寄ろう。忙しいところ邪魔をして悪かった」

「いつでも覗《のぞ》きにきてください。うちの饅頭はその日によって中身が違うから、朱雀様のお好きなものがあるといいんですけど」

彼女が無邪気に笑ってくれたのでほっとし、片手を振って露店に背を向け柳とともに再度歩き出した。目的地へ向かうあいだにも時々街のものに挨拶され、ひとりひとりに短く返事をしつつ先を急ぐ。

麗静に対する人々の態度はもっと硬く、畏敬《いけい》であれ畏怖《いふ》であれはっきりとした畏《おそ》れが前面に出るものだった。しかし自分に対してはずいぶんと親しげというか、大抵のひとが丁寧ながらも結構フランクに声をかけてくる。

威圧感が足りないからではあるのだろうが、自分はまだ若造なのでこんなところで充分だ。下手に背伸びをするよりは親しみやすいくらいがちょうどいいと思う。

それから少し歩いたところで柳はひとけのない細道に踏み入り、窓のひとつも見当たらない建物の前で足を止め「ここが第五倉庫です」と告げた。先日麗静と訪れた第一倉庫よりいくらかは広いものの、木材が一部腐りかけていたりそもそもなんとなく傾いていたりと傷み具合は相当なもので、左右には倉庫に寄り添うように同じく壊れかけの小屋が並んでいる。

「……このあたりは廃屋ばかりか？」

「少なくとも昼間はひとがいません」

つい零《こぼ》した京に柳はそう説明し、建付けの悪いドアのノブを両手で摑《つか》み引っぱった。少なくとも昼間は、ということは夜にはひとがいるわけか。確かに後ろ暗いものたちが夜のたまり場にするにはちょうどよさそうだし、であればなおさら日の出ている時間に誰かが寄ってくることはなさそうだ。

南地区にはまだまだ自分の知らない場所があるのだと改めて実感し、ちりっとした悔しさみたいなものが湧いた。まだ焦る時期ではない、徐々に慣れていけばいいのだとわかってはいても、これでは麗静の助けになれないと考えると気持ちばかりがときに前のめりになる。

ドアを開けた柳に眼差《まなざ》しで促され先に倉庫へ入ると、向かいあう大きなソファの片方にひとりきりで座っている青龍の姿が認められた。窓がないため内部は薄暗く、三つ四つ照明が取りつけられてはいるが、時折気が抜けたように明滅していていかにも頼りない。

埃《ほこり》っぽい倉庫の中にあるのは、カバーの破れかけた中央のソファと、両端に積みあげられた中身のわからない古びた木箱くらいで、あとはゴミが転がっているだけだった。こんな場所に呼びつけるとは、青龍は余程人目を避けたいらしい。彼の配下がひとりもいないのはよそに待たせているのかそもそもひとりで来たのか、いずれにせよ朱雀の警戒心を解くためなのだろう。

「朱雀。おれはおまえとふたりきりで話がしたい」

京のあとから倉庫に入ってきた柳に目をやり、青龍が開口一番そう言ったので、同様に彼を見て「悪いが道の入り口で邪魔が入ってこないよう見張っていてくれ」と指示をした。柳は珍しくも意外そうな顔をし、そののちすぐに表情を消して京の言葉に従い静かに倉庫から出ていった。

青龍の向かいにあるぼろぼろのソファに腰を下ろすと、彼は唇の片端を上げて「さっそくだが」と切り出した。はっきりとした顔立ちに浮かぶその癖のある笑みに僅《わず》かな怖《お》じ気《け》を感じ、どうにも身構えてしまう。先日はじめて顔を合わせたときにはほぼ無表情だったが、おそらくは格下と見ているのだろう京とふたりきりであるからか、今日の彼は代表者は偶像であれなんて意識ははなから放り出しているらしい。

それにしても護衛まで追い払わせるとは電話で話をしたとき感じた以上に強引だ、などと考えている京をじっと見て、青龍はこう告げた。

「白虎を捨てろ。朱雀が玄武とおれの側につけば、おまえに惚れ込んでいる白虎はこっちに手も足も出せなくなる。そもそも四人中三人が結託したら残るひとりはどんなに足掻《あが》いたところで不利をひっくり返せない」

「……なにを言ってるんだ？」

唐突にすぎる青龍のセリフに今度こそ心底びっくりし、相変わらず挨拶もなしかだのやっぱり苦手かもしれないだのといったこまごまとした思考が飛んだ。白虎を捨てろ？　この男は本気で言っているのだろうか。そう簡単にひとがおのれになびくと考えているのなら自信過剰もいいところだと思う。

余程おかしな顔をしたらしく、青龍は京を見つめたまま愉快そうに、は、と笑ってから続けた。

「白虎はむかしから初代朱雀ともおまえとも親しくしていたそうだが、いまのおまえは当時の記憶がないんだよな。いうならばまっさらな状態だ。だったら盲目的に白虎に従う理由はないだろう？　客観的かつ理性的におのが立場を選べるはずだ」

「……いまのおれがまっさらで客観的かつ理性的になにかを判断できるとして、なぜおまえと共闘する立場を選ぶと思うんだ？　公平な目で見れば白虎よりおまえたちのほうが正しいと信じているのか」

思案するというよりはほとんど反射的に、いやだ、とはっきり感じた。麗静を捨てるのも、それをそそのかされるのもいやだ。その感情を面に出さぬよう努めつつなるべくフラットな口調で声にした問いに、青龍はやや身を乗り出して答えた。

「霧幻城には正しいも間違いもない。そういう街なんだよ。だからおれが言いたいのはもっと単純に、おれたちについたほうがおまえに益があるということだ。そうしらけた顔をしないで、どうすれば自分が一番得をするか、そのまっさらな頭でよく考えてくれ」

京が返事をする前に、青龍はおのが言い分について説明しはじめた。それを聞くに、つまり彼は二代目朱雀に取り引き、のようなものを持ちかけているらしかった。

朱雀が青龍の提案をのむのであれば、まず最初にある程度の支度金を渡す。そして玄武、青龍、朱雀が協力し白虎から権力を奪ったあかつきには、西地区で得られる金銭のうち三分の一を渡す。土地についても同様に三人で均等に分ける。

支度金はともかくあとのふたつについてはあやしいものだと、口には出さず考えながら一応は青龍の話を最後まで聞いた。たとえ朱雀を取り込んだところで彼らは均等に利益を分配したりはしないだろう、というより青龍自体が玄武にいいように操られ、動かされているような印象もある。

最後には青龍の力も抑えられ玄武一強になりそうだ。亀がいつまでも素直であるとは限らない、先日会った際に玄武が口にした物騒な忠告を回想しそんなことを思った。

「ではおれは、まっさらなおれの意思として、おまえからの提案を蹴《け》る」

青龍がようやく口を閉じたので、数秒の間を置いてから言った。

「四分の一を三分の一にしたところで大して変わらない、なのになぜおれを引き込もうとする？　単にふたりでは白虎を御せないという理由だけだろ。もしおれが頷《うなず》いて三分の一になったとしても、次は二分の一、最後は独り占めになるだけなんじゃないか」

京の言葉に青龍は少しのあいだ黙った。それから大仰に溜息をつき「おまえはなにもわかっていない」と言ってソファから腰を上げた。

「そもそもだ。白虎は先代朱雀の影響を受けすぎなんだよ。ここは地属界だ、天選民の理想なんて通用しない。街を四つに分けて管理し秩序を守る？　馬鹿馬鹿しい。決定権を持つものはひとりでも少ないほうが下に対する権力は強くなる。現にいまの霧幻城に秩序なんてない、変革が必要だ」

「権力者をひとりでも少なくしたいのは否定しないのか？　おれは寝首をかかれるのはご

めんだね。それに、いまある姿が霧幻城の秩序なんだろう、強引に変えようとすれば街が崩壊する。初代朱雀は独裁的支配による街の変容を避けたくて権力を分けたんじゃないのか」

「へえ？　いつも白虎が言うようなことを朱雀まで言うんだな。おまえはやつに染まりすぎだよ」

立ちあがった青龍に半笑いで指摘され、ついしかめ面になってしまった。自分の見解を述べたつもりだったが確かに、秩序がどうだとか独裁的支配がなんだとかいうのは麗静から聞かされた内容だ。これでは染まりすぎと言われてもしかたがない。

青龍はその表情を認め、なにを考えたのか京の座るソファまで歩み寄ってきて片膝《かたひざ》をついた。蛇のような目でじっと見つめられ意味もわからぬまま思わず身を引くと、それを引き止めるように左の肩を摑まれ耳もとにこう吹き込まれる。

「朱雀がそうも白虎を重んじるとは予想外だ。白虎が十年前に消えた初代朱雀の息子を溺愛していたというのは玄武から聞いているが、おまえもさっそくやつに惚れたのか？　当時の記憶もないのに？」

「……答える必要のない質問だ」

「あいつのセックスはそんなにいいのか」

派手に身体が強ばったので、肩を摑まれている以上動揺は当然青龍に伝わってしまったろう。この男は、廉に対する麗静の感情に恋愛が、もっといえば性愛が含まれていることを知っている、あるいは見抜いているのか。その事実は麗静の不利にならないか？　と考えると肌が冷える。

さっそくやつに惚れたのか、か。抱きしめられてもキスをされてもいやではなかった、むしろときめいたのだから否定はできないだろう。とはいえ青龍が邪推するような行為はさすがにしていない。

「……おまえの冗談はつまらないな」

素っ気なく言い返し、肩にあるてのひらを払おうと手を上げたら、今度はその手首を掴まれた。遠慮のない力に眉をひそめ、逆に腕をひねりあげてやろうと試みたが、単純な腕っ節では見た目通り青龍のほうが強いらしくうまくいかない。街中で突然襲いかかってきた男の手のナイフを蹴り落とすことはできても、どうやら自分は腕力頼りの喧嘩《けんか》はあまり得意でないようだ。

「別におれは冗談は言っていない。朱雀の弱点が肉体的快楽なら、取り込む手段もあるかと考えているだけだ」

「離せ。気味が悪い」

「つまりおれのほうがいいとわからせれば、おまえは言いなりになるんだろ？」

「離せ」

チャイナボタンを上からひとつずつ外され抗《あらが》うと、薄汚れたソファの上に押し倒されのしかかられた。体重をかけられてしまえばもう逃げ出せないし、手を振り回しても敵《かな》わない。大声を出せば細道の入り口にいるはずの柳にも聞こえるだろうこんな場所で、別に本気で自分をどうこうしたいわけではなく、この男は状況を楽しんでいるだけだ。そうわかりはしても嫌悪感で鳥肌が立った。

「朱雀様」

ドアがノックされ、外から柳の声が聞こえてきたのは、京の左肩がむき出しになったころだった。こんな状態では入れとも言えず、「どうした？」と訊ねると、ドアの向こうから淡白な声が返ってくる。

「白虎様が宇航を連れてこちらへ向かってきているようです。表通りに姿が見えました。じきにここまでいらっしゃるかと」

「ああ……ありがとう、柳はそこで待っていてくれ」

麗静に見られたくはないがしかたがない、とりあえずは助かったと内心安堵し返事をしたら、それまで押し返してても引っ掻《か》いてもびくともしなかった青龍があっさりと身を起こした。京がなにかを言う前にさっさと立ちあがり、そのまま真っ直ぐに倉庫の入り口へ向かいドアを開け、指示通りすぐそこにいるらしい柳に向かって低く問いかける。

「おい。白虎はどこからここへ来る？　会わずに去る方法は」

いままでの強引さが嘘《うそ》のような青龍の態度にぽかんとしてしまった。一方、ドアの外にいる柳は口調も変えず「白虎様は表からいらっしゃるでしょう。倉庫奥にある裏口から東へ向かう道を使えば顔を合わせることもないのでは」と答えた。そんな彼らのやりとりに今度は僅かばかりの違和感を覚えて、のろのろとソファの上へ身を起こしながら眉をひそめる。

いまは京の配下という位置にあるが、柳はつい一週間ほど前までは、朱雀の留守を預かる麗静の直下で仕事をしていた、いわば白虎側の人間だ。いくら常からクールな男だとはいえそんな人物が、現状麗静のもとにある朱雀を呼び出しておきながら白虎と会いたくないなどという青龍に対してまで、そうも冷静に、かつ簡単に返事をするものか。

倉庫の中を見てはいなくても、いまの青龍が不自然であることは誰であれ察せられるはずだ。まるで、というよりまさにこの場から逃げ出そうとしている。普通であれば怪訝《けげん》に思いなにかしら問うだろうに、柳の声からはそういった様子は感じ取れない。

この男は一年間白虎の指揮下にいて、いまは朱雀に仕える立場にある。としても、その関係はあくまでも仕事上のものとして、他の代表者にも特に変わらぬ対応をするというだけか。現在は西および南と敵対関係にあるにせよ、青龍は霧幻城を維持する四つの柱の一本、東の代表者だ。権力者であるのは確かだから従順なのか？　柳の心中は相変わらずよくわからない。

「朱雀、また会おう。今度はいい返事を聞かせろよ」

青龍は最後にそう言い残し、柳が告げたように裏口のドアを開けて外へと出ていった。

ひとりきりになった埃っぽい倉庫で、自分の身になにが起こったのかいまひとつ理解が追いつかず半ば呆然《ぼうぜん》としていると、その少しあとにドアがノックされ応《こた》える前に麗静が入ってきた。

「廉、先ほど宇航から」

なにか言いかけていた彼は、服を乱している京の姿を見て驚いたのか言葉を切り、珍しくも、薄暗い中でもわかるほど目を見開いた。それから一度振り返り「宇航は柳とともに道の入り口を塞《ふさ》いでいろ」と告げてドアを閉め、すぐに視線を戻し大股《おおまた》で京に歩み寄ってソファへ片膝をついた。

麗静であるから無体な真似《まね》はしないだろうと頭ではわかっているのに、それが先刻の青龍の仕草とまったく同じだったのでついびくりと身体を強ばらせてしまう。むき出しになっている肩とその京の様子から状況を察したらしく、麗静はそこではっきりと怒りを面に出した。

「なにをされた」

見たこともない彼の表情にびっくりして口を開けないでいる京に、麗静はこれもまた知らない声で問うた。はなから隠す気がないのかそれとも隠す余裕がないのか、明らかな憤りで低く掠《かす》れている。

「青龍と会っていたんだろう。電話でここに呼び出されていたと宇航から聞き、用件を片づけたあと急ぎ来たのだが、私は遅かったか。廉、やつになにをされた？　その姿はなんだ」

「……大丈夫だよ。気にしないでくれ」

ぎらぎらした瞳《ひとみ》で見つめられてうっすらとした恐怖が湧き、ついごくりと喉《のど》を鳴らしてからなんとか答えた。彼につられたように声が掠れ、これではまったく大丈夫そうには聞こえないかとは思っても、怖かったんだと彼に縋《すが》りつくのもおかしいし他に言いようもない。

「あいつにとっては冗談……というか単なるいやがらせだろ。白虎を裏切って玄武と青龍の側につけと言われたから断ったら、なんだ、その、襲われかけた？　みたいだが、別にどうということはないよ。だからあんたが気にする必要はない」

麗静は京の説明を聞いてますます険しい顔になった。それから苦しげな、どこかが痛いというかのような複雑な表情をしてこう告げた。

「……君のその言葉が残酷だと理解しているのか」

残酷？　残酷とはどういう意味だ、と考えていると、彼の手が伸びてきてあらわになった左肩に触れたので、一瞬緊張した。どうしてもいましがた自分に覆いかぶさっていた男の姿が脳裏に蘇る。まさか本気ではあるまいとわかってはいても、青龍の手の感触は気持ちが悪かった。

しかし、麗静にそっと肩を撫《な》でられて感じたのは嫌悪ではなく、安堵のようなものだった。ゆっくりと息を吸って、吐いて、身体から強ばりを逃がす。この男のてのひらはあたたかく優しい、そう思ってからようやく自分が青龍の仕打ちに対して明確に、いやだ、と感じていたことを自覚した。

強引にのしかかってくる男の重みがいやだった。乱暴な手と蛇のような目がいやだった。なにより青龍に触れられること自体が、いやだった。

なのに麗静が相手なら、こうして撫でられればほっとするのか。

肩から首、頬《ほお》へとてのひらを這《は》わされて、あたたかさと心地よさに目を細めると、「そんな顔をしないでくれ」と麗静が絞り出すように言った。

「抗いなさい。できるはずだろう？　そうされないと私は勘違いをする。だからちゃんと抗いなさい、君がいやがれば私はすぐに手を離す」

「なぜ抗わないとならないんだ？　いやでもないのに？」

半ばうっとりしたまま深く考えずに返事をしたら、麗静はひどく切なげな表情をした。

左腕を掴まれ引き寄せられて、ああ、またキスをされるんだなというのはわかったが、拒否感も湧かなかったので逃げるのはやめた。

麗静にもそれが伝わったのだろう。特に強引でもなく、また同時に躊躇《ちゅうちょ》もない唇を重ねられて、少し乾いたその感触にざわりとなにかが胸の奥で蠢《うごめ》いたような感じがした。

麗静はしばらく穏やかに唇をついばみながら京の目を見ていた。そののち、そこに恐怖や不快感が浮かばないことを確認したのか、やはりためらう様子もなく舌を挿し入れてきた。

はじめてくちづけをされた先日は確かここで咄嗟《とっさ》に彼を押し返したのだった。あまりにびっくりしたものだからほとんど勝手に手が動いた。しかし今日はどうだろうと自分の心の中を覗き込む。

この男はキスをするほど自分が好きなのだともう理解しているので、いまさらの驚きはない。青龍に押し倒されたときのような嫌悪もない、というよりむしろ真逆の感情が湧いた。その証拠に、あのとき以降何度か思い返したときめきに再度襲われ、馬鹿みたいに胸が高鳴っていた。

「は……っ、あ」

前回のようには京が抗わないのを了承と取ったらしく、麗静は丁寧に口の中を舐《な》めあげはじめた。口蓋《こうがい》を舌先でくすぐられ、ぞくりとなにかがこみあげてきて我知らず小さな喘《あえ》ぎを洩《も》らし、その自分に戸惑う。

女の儚《はかな》い舌を味わうときには一度もこんなふうにはならなかった。どうすれば相手を満足させられるのか考えていた、満足してもらえることに満足した。しかしいまは単純に、ただただ自分が気持ちがいいのか。男とくちづけをして口の中に舌を入れられて、自分は快感を覚えているのか？

「んぅ、あ……、ふ」

口腔《こうこう》内にある相手の弱点をあまさず探るようにあちこち舐めたあと、麗静は舌先で京の舌の表面を撫でた。あまりにも生々しい感触にたまらず目を瞑《つぶ》り、半ば無意識に両手で麗静の服に縋る。貪《むさぼ》るのではなく貪られるくちづけとはこういうものなのかと、くらくらしはじめる頭で考えた。

ぬるぬると舌ばかりを舐められるので、誘われていることはわかった。もはや拒否するという選択肢も思い浮かばず、おそるおそる彼の舌に舌を絡めると、途端に過去には知らない興奮が押し寄せてきた。

なぜだ、麗静が相手だからなのか？　そんなことを考えられたのはほんの一瞬で、互いに舌を差し出し絡めあわせる行為にすぐに夢中になった。ぴちゃぴちゃと唾液《だえき》が鳴るいやらしい音を聞き、余計に胸が早鐘を打つ。

「はっ、あ、あ……っ」

舌を強く吸われ唾液を啜《すす》られて、全身に意味のわからないよろこびが広がった。彼はこんなにも自分を欲しているのか、このまま食われてしまいそうだ、そう思うとひどく高揚し彼の服を摑む指が細かく震えてくる。

　しばらくのあいだ音を立てて京の唇と舌を味わってから、麗静は深いキスを解いた。京が閉じていた瞼《まぶた》をそっと上げると、熱と欲と、それから恋情をたたえた目と視線がぶつかり、今度は胸のあたりが苦しくなった。

　いま自分は一方的にこの男にキスをされたのではない。押しのけもせず舌を絡ませ応じた以上はふたりでくちづけを交わしたのだ。だからこそ彼もこうして瞳をきらめかせているし、自分はそれに息苦しくなるほど心奪われ見蕩《みと》れている。

　長い時間見つめあったあと、麗静はそこでなぜか切なげに、小さく吐息を洩らした。優しく手首を摑まれ彼の服に縋っていた両手を離させられて、それから青龍が雑に外したチャイナボタンを留められ服を整えられる。

　敵対するものと不用意にふたりきりになったことへの注意、あるいはいましがたのキスについて、でなければしばしば聞かされる口説き文句？　なにかを言うだろうと待っていたら、しかし麗静は口を開かず軽く京の頭を撫でただけで立ちあがった。

「……おい、どこへ行くんだ。待て」

　そのままドアへと歩く彼に驚き、掠れた声で思わず呼び止めると、麗静は振り向かずにこう言った。

「私が君にどういった感情を抱いているか、君はよく知っているはずだ。いま、これ以上君のそばにいれば私は自分を制御できなくなるかもしれない。君を傷つけたくはないので頭を冷やす。君は夜になる前に柳とともにこの場所を離れ朱雀塔へ戻りなさい」

彼のセリフに咄嗟には言葉を返せず、なにを告げればいいのかと必死に考えていると、その京の声は待たずに麗静はあっさりと薄暗い倉庫から出ていった。静かに閉まるドアを見て、本当に行ってしまったとついぽかんとする。

普段の麗静であればこの状況でこんなふうに京をひとりきりにはしないだろう。まずは青龍に隙を見せたことを優しく叱《しか》り、次に抱きしめるなり手を握るなりして慰める。それくらいに彼は常から京をひどく大切にしているのだ。

なのにこうして置き去りにしたということは、彼は本気でおのれをコントロールできない状態にあるのか。交わしたキスに高ぶりそれ以上を求めてしまいそうだから、ぎりぎりの理性で出ていった？　叱ったり慰めたりする余裕がないのか。

あの男はそこまで自分が欲しいのだ。同時に、その欲を一方的にぶつけられないくらい自分を愛しているのだ。

誰に対しても余裕のある権力者としてふるまう麗静は、京が相手の場合のみそうできない。キスを交わしたあとそばにいれば劣情に負けるほどべた惚れだし、だからこそ、無理強いはしたくないと遠ざかる。体格から考えても力で押さえ込んでしまえば京が敵うわけがないのに、麗静はそれだけは避けたいのだと思う。

そうも熱烈に誰かに恋をしたことがないので、彼の心を完全には理解できない。しかし彼が自分に対しどれだけ強い恋慕の情を抱いているのかは、今日の態度からわかった気がした。

先ほどの彼より派手に溜息をつき、そののちいつかと同様に指先で唇に触れた。あの日は抗ったが今日は応じた、舌を絡ませ服に縋った、自分の中でそれだけなにかが変化しているということだ。そんな自分にもまた理解が追いつかない。

正直に認めてしまうならば、興奮した。心臓がうるさく鼓動するほど高揚した。いくら好ましく感じている相手だからとはいえ、男とあんなふうに深くて濃いキスをしても嫌悪感が湧かない、どころか行為に夢中になるなんて、自分はどこかおかしくなってしまったのか。

それは環境が変わったから？　肩身の狭い現実世界から異世界へやってきて、常に背にのしかかっていた居心地の悪さから解放され、自分でも自分が把握できないくらい奔放になっているのか。あるいは単純に、麗静から溺愛されていつのまにかキスに酔うほど絆《ほだ》されていたのか？

しばらく眉をひそめて考え込み、それからソファの上で脱力し二度目の溜息を洩らした。わからない。おのが心の動きさえ見えなくなるとは、まるで初恋に落ちたばかりの子どもみたいだと、そんなことを考えては自分に呆れた。

京が南地区へ居を移してからおよそ一週間、時間帯はまちまちではあれ毎日仕事を携えて朱雀塔へやってきていた麗静は、第五倉庫でキスを交わした翌日、またその翌日も姿を現さなかった。

逃げ出すように去ったことが気まずいのか単純に忙しいのか、いずれにせよ二日間会っていないのは確かだ。たまにはこちらから連絡してみるかと電話機に手を伸ばしかけては、用事もないのにおかしいかと引っ込める。それを何度もくり返す自分に、さすがにうんざりした。

麗静がいない日常は、さみしい。

時々こっそりさみしそうな顔をしています。もう恋に足を捕らわれたうぶな男みたい。白虎塔での麗静の様子をそう表現したのは宇航だった。まさに薄暗い倉庫で唇を重ねたあの日だ。

宇航の遠慮ない発言を聞いたときには麗静の心境を完全に把握することはできなかったが、いまならそれなりにわかるような気がする。会いたいひとに会えないのは、こんなにもさみしいのだ。

もしかしたら麗静は、恥じらうどころか舌を差し出しみっともなく喘いでいた自分を目の当たりにし、一瞬の欲も冷めたのちについでに恋心まで冷ましてしまったのか？　そう思うと不安になり、不安になる自分に髪を掻きむしりたくなるほど嫌気がさした。あのときも感じたように、これではまるで本当に恋に落ちた子どもみたいだ。こんなのは自分らしくないと思う。

そうして麗静の顔も見ず声も聞かずに悶々《もんもん》とすごして三日目の夕方、書類の入った鞄《かばん》を下げて朱雀塔を訪れた宇航にこう言われたものだから、妙にうろたえてしまった。

「廉様。麗静様が白虎塔へ来てほしいと言ってます。いまは仕事で手が離せないけど、いくらかしたら時間が取れるからと。用事を終えたあとにここへ向かうと夜になってしまうので、廉様に余裕があれば白虎塔で会いたいとのことです。都合どうですか？」

ようやく麗静に会えるのか、彼は自分を見限ったわけではないのか、そう考えたら嬉しいようなほっとしたようなどこか怖いような、複雑な気持ちになった。なんとか平静を装って「おれは大丈夫だ、行くよ」と答えはしたものの、一度湧いた狼狽《ろうばい》がどうにも逃がせない。

キスをしたあのときからたった三日、そしてもう三日も、姿を見るどころか電話で話もしていなかった男にどんな顔をして会えばいいのだろう。

それから、ぐじぐじとそんなくだらないことを考えている自分を頭の中で叱った。別に普通にしていればいいのだ。恥じらったり怯《おび》えたりする必要はないし、会いたかったと抱きつくのもおかしい。やはりここ二、三日の自分はどうかしていると思う。

いつも通りマスクをつけて宇航とともに徒歩で白虎塔へ出向いた。ふたつの塔のあいだは寄り道をしないでも歩いて三十分ほどの距離があり、朱雀塔を出たときには夕刻の色をしていた空は、目的地に辿《たど》りつくころにはずいぶんと暗くなっていた。

虹彩《こうさい》認証でコンクリートの扉を開けた宇航に続き白虎塔へ足を踏み入れると、麗静の配下たちから深々と頭を下げられた。彼らと顔を合わせるのは十日ぶりになるのに覚えていてくれたらしい。と同時に、自分はこの白虎塔においてもただの主の客というのではなく、代表者のひとりである二代目朱雀だときっちり認識されているのだと肌で感じ、背筋が伸びる思いがした。

声をかけてくるものに挨拶を返しながらエレベーターへ向かった。最上階まで同行してくれた宇航は、麗静がいるからか今日は廊下の見回りはせず「たまにはゆっくりしていってくださいね」と言い残してエレベーターで下階へ去っていった。

麗静のプライベートエリアにひとりぽつんと取り残され、知らずじわりと鼓動が速まる。その自分に、落ち着け、と何度か言い聞かせてぎくしゃくと廊下を歩き、おそらくここにいるだろうとあたりをつけたリビングルームのドアを叩《たた》くと、向こうから「入りなさい」という声が聞こえてきた。

落ち着けと再度念じたのちドアを開けたら、茶を淹《い》れている麗静の姿が目に入った。今夜の彼は珍しく明るい天色のチャンパオを身につけていて、それが案外と似合っていたものだからつい見蕩れてしまう。

「座ってくれ。少し話そう」

横顔を見せたままそう言った彼の口調は、冷静でありつつも、京が相手のときにのみ漂う優しさや穏やかさを感じさせるものだった。よかった、いつも通りの麗静だと密かにほっとしながら邪魔なマスクを外しソファに腰かけると、ローテーブルにふたり分の茶を置いて彼が向かいに座った。

「青龍に少し釘《くぎ》を刺してきた」

数日前キスのあとに零した切なげな溜息など忘れたかのような顔をして続けた彼に、こちらも普段と変わらぬ表情でひとつ頷いて返した。もちろん実際に忘れたわけではないだろうし、自分も覚えてはいるにせよ、ここは麗静の態度に合わせなにも気にしていないふりをするのが正解だと思う。

飲んでいいと京に促すためか先に自身が茶に口をつけてから、麗静は特に深刻ぶるでもなくこう説明した。

「君も薄々はわかっているかもしれないが、青龍は玄武にとって駒《こま》のようなものだ。万が一彼らが我々を抑えた場合、霧幻城は実質玄武のものになるといっていい。青龍も自覚がないわけではなく、それで構わないと判断し玄武についている。四分の一の権力という中途半端なものを持つより、一強となった玄武の直下にあるほうがよいと考えているのだろう」

「……まあそうなんだろうな。最初にここの応接室でふたりに会ったとき、玄武と青龍の力関係はなんとなく把握はできた。なら、三日前に青龍がおれを第五倉庫へ呼び出したのは玄武の指示なのか？」

「いや。あれは青龍の勇み足だ、玄武が関《かか》わっているならあんな下手なやりかたはしない。やつも少しは頭を使うべきだな」

　眉を寄せてちらりと怒りを覗かせた麗静は、すぐに表情を消しもうひと口茶を飲んだ。そののち、麗静にならい茶を啜っている京に向かって、少しばかり厳しい調子でつけ加える。

「青龍は大分熱くなっている。朱雀が戻ったことで人数的な優勢が崩れ焦っているのだろう。いままではいくら対立しているからとはいえそう露骨な言動は取らなかったのに、なにを言ってもまともに聞き入れない。気をつけなさい、彼はなにしろ腕が立つ」

　確かに青龍は腕力に優れていたなと思い出しつつ「わかった」と返事をした。自分もそれほど非力ではないはずなのに、押さえ込まれてろくに抵抗もできなかったくらいだ。今後彼とふたりきりで会うことがあったら、懐にナイフでも忍ばせておいたほうがいいかもしれない。

それから、なるほど麗静はここ数日、青龍に会って苦情を述べるなり説得を試みるなりしていたせいで、朱雀塔へ足を運ぶ余裕がなかったのかと納得した。西地区と東地区を治めるふたりの代表者は、朱雀の扱いに関する話しあいに難航していた、そしてそれはうまく着地しなかったというわけだ。

いつかちらと考えたように、みっともなくキスに酔った自分に呆れたから足が遠のいたのではなく、彼は自分のために動いてくれていたのだと思い内心安堵する。ならばこの男の自分に対する感情は変わっていないか。茶を空にしてから改めて麗静の美貌《びぼう》を見つめ、そこで京はつい目を瞬《しばた》かせた。

右目の下、地属民の痣《あざ》が浮き出たあたりに小さな傷がある。もともと色素の濃い場所なのでさして目立ちはしないが、よく見ればまだ新しい切り傷だ。

青龍か。三日前にふたりきりで顔をつきあわせて知った限り、青龍はそこそこ気性の荒い男のようだし、麗静が彼曰く釘を刺している最中に、思わず手が出てしまったといったところだろう。

自分のせい、というより自分のために彼は怪我《けが》をしたのだ。そう考えたらなんだか胸がぎゅっと締めつけられるような感覚に襲われた。

そんなにも大事にされているのだと思えば、嬉しくないわけはない。しかし自分は廉ではないのだから、誰になにをされようと、この美しい男が傷を負う必要などない。なのに麗静は自分を廉だと信じここまでする。

なぜ自分は彼の愛する男ではないのか。彼が信じ込んでいるように本物の廉であればよかったのに。

少しのあいだ視線を落とし迷ってから腰を上げた。どうしてもまとわりつく躊躇を頭の中から追い出し、向かいのソファで無言のまま京を見ている麗静の隣に座る。

おそるおそる手を伸ばし右目の下にある傷を指先でそっと撫でると、麗静はらしくもなく目を見張った。京から彼に触れたことなどいままでなかったので驚いたらしい。

「……私を、思い出したのか？」

麗静が口に出した問いは、長い月日を経てようやく再会した恋人としてふるまっているのか、という意味なのだろう。それにちくりとした痛みを覚えながらも正直に答えた。

「いや……そうじゃない。だが、この傷はおれを守ろうとしてついたものなんだろ。悪かった」

「廉」

「ああ違う。ありがとう」

せめて心のうちに湧いた嬉しいような切ないような気持ちを伝えたかったのに、妙に緊張したせいで彼に触れる指先も礼を告げる声も情けなく震えた。これではなんのことやらわかるまい。麗静はその京の態度になにを感じたのか、傷に触れる手を払うでも身を引いて避けるでもなく、どこか苦しげに言った。

「廉。私にあまり近づかないほうがいい。触れないでくれ、勘違いをする」

「どう勘違いをするって？　勘違いをするというのがそもそも勘違いなんじゃないか」

「……君は」

麗静はなにかを言いかけて言葉を切り、そこではっきりと表情を変えた。それを認めてぞくっと、恐怖とは違う知らない感覚が背筋を這いあがる。

この顔は見たことがある。確か三日前にキスをしたあとにも彼はこんなふうに、熱と欲と、そして恋情をたたえた目をした。

などと考えられたのはほんの一瞬で、不意に、麗静の傷を撫でていた左の手首を強く摑まれそのままソファに押し倒されたものだから、驚きのあまり息が止まった。いきなり抱きしめられたり意思も問われぬままキスをされたりしたことはあっても、麗静からこうも強引に扱われるのははじめてだ。

青龍にのしかかられたときの記憶がふっと蘇り、すぐに消えた。なぜなら麗静の美貌に、熱情と欲望のみならずありありとした苦悩が浮かんでいたからだ。

「君を傷つけたくはないと言ったはずだ」

麗静は京に覆いかぶさったまま、それでも強く摑んでいた手首は放して低く告げた。そうした小さな仕草から、彼が理性を掻き集めて自身にブレーキをかけていることは伝わってきた。

「私が君になにをしたいかわからないとは言わないだろう？　いやなら殴って逃げなさい。私は君が欲しくてたまらない」

切羽詰まったような麗静の声に、今度は先とは違う感情がこみあげてきて息苦しくなった。その複雑な表情と声音から、彼がどれほど強く自分に、というより廉に恋い焦がれているのかを改めて教えられる。

そうしようと思えば麗静は簡単に自分をおのれの好きにできるはずだ。青龍には及ばないとはいえ体格もよいし、力で抵抗を押さえ込まれたらとても敵うまい。なのにこの男は逃げられるだけの余裕を相手に与え、その通り逃げろと言う。

ならば逃げるものか。

と、心に決めはしたものの、両手を伸ばすのには勇気がいった。押し倒された体勢のまなんとか手を差し出し、そっと彼の両頬に置いたてのひらが、先ほどよりも震えているのは自覚できた。

「いやなら？　なぜおれがいやがってると思うんだ？　この前あんたとキスをしたとき、おれは興奮したよ」

緊張のあまりみっともなく声が掠れたが、言わんとするところは伝わったらしい。麗静は僅かに目を見開いて京を見つめ、それから、彼もまた緊張しているのか普段より幾ばくか硬い口調で言った。

「君は私に触れられてもいやではないのか。私のことが恋愛の意味で好きなのか？」

ストレートな問いにいったん視線を外し、少しのあいだ自分の中にある答えを探して、まずは素直に「よくわからない」と返事をした。そののち麗静へ目を戻し、怯《ひる》む自分を叱《しっ》咤《た》しつつ彼を見つめて続ける。

「おれはあんたの恋人だった廉じゃないし、過去に男と恋愛をしたこともないから、ごまかしてるわけじゃなくて本当によくわからない。でも、あんたに触れられていやだとは感じないいし、きっとなにをされてもそれは同じだ。これは恋か？」

問い返されるとは考えていなかったのか麗静はまたいくらか驚いた顔を見せ、それからそっと片手で京の頬に触れた。彼らしくない緊張がその指先から伝わってきて切なさと愛《いと》おしさが湧き、そんな自分に戸惑う。

好ましい男だと思ったことは何度かある。冷血な白虎が自分の前ではひとりの恋する男になるのは悪くない。しかし、麗静が愛おしいとまで感じたのははじめてだった。これが恋情によるものなのか、単に想定以上に純情な彼の態度に可愛らしさを見つけたからなのかはわからない。

ただし改めて肌で理解したことはある。この男の恋心は、本物だ。

麗静はしばらく黙ったまま真っ直ぐに京を見つめてから、熱を仄《ほの》めかす声音でこう言った。

「ならばもう少し君に触れさせてくれ。そうすれば君の思いが恋であるかどうかもわかるかもしれない」

ベッドルームへ行こうと告げられてついぴくりと身体を強ばらせると、麗静はその京を見て宥《なだ》めるように微《かす》かに笑った。身を起こした彼に腕を引かれ、ぎくしゃくソファから立ちあがったところで耳もとに「触れるだけだ」と囁かれる。

なんだか軽い男が女を誘うときみたいな文句だなと思いはしたが、触られるのはいやではないと明言した以上は拒否するのもおかしいかと、手をつなぎ廊下を歩く彼におとなしく従った。期待しているのか怯えているのか、その間に少しずつおのが胸の高鳴りが増していくのは自覚できた。

もちろん彼は軽々しい気持ちでこの手を摑んでいるわけではないだろう。いっときの緊張も去ったようで、あたたかい麗静のてのひらから伝わってくるものは、ちょっとした逸《はや》りと欲望、それから真摯な恋情だった。

彼はベッドルームのドアを開け先に京を中へ通し、自らも部屋に入り後ろ手にドアを閉めてから、来なさい、というように無言で両腕を広げた。どうやら最終的な決定権は自分に与えられているらしいことはわかったので、おそるおそる歩み寄り自ら彼を抱きしめる。

徐々に速まっていた鼓動はいまや壊れそうなくらい早鐘を打っていた。ここまで来たらもう、ごめんなさいやっぱりやめましょうとは言えない。

麗静は満足そうに、ふ、と小さな吐息を洩らして京を優しく抱き返した。背中から突然抱きしめられたりベッドで夢うつつに抱き寄せられたりしたことはあっても、こうして向かいあい互いの意思として抱きあったことなんてない。だからなのか彼の体温や身体の厚みをいやに生々しく感じてつい喉を鳴らしてしまった。

しばらくのあいだそうして服越しの感触を分けあってから、麗静はひょいと京を抱きあげベッドに下ろした。記憶にある限りのここ十年、いちいち振り返るまでもなくこんなふうにされたことはないのでびっくりし、そう女みたいに扱うなと文句を言う余裕も奪われる。

「素肌に触れたい。服を脱がせてもいいか」

あとからベッドに乗り仰向けに横たわる京を跨《また》いだ麗静は、欲の宿る眼差しを裏切る優しい声でそう問うた。密かに深呼吸をして身体から緊張を逃がし、頷くかわりに自分で襟から下へチャイナボタンを外す。うぶな処女でもあるまいし、ここで四肢を投げ出し男に脱がされるのをただ待っているのもあまりに情けない。

とは思うもののどうしても両手は強ばった。男と行為をしたことがないという意味では自分は紛れもなくうぶな処女みたいなものなのかもしれないと、うまく動かない指先に焦《じ》れったくなりつつ考える。

麗静は自ら服を脱ごうと悪戦苦闘している京を見て、持てあます熱情を制御するのが苦しいとでもいうかのように目を細めた。欲しい、欲しい、早く触れたい、そんな思いが声には出さずともはっきりと伝わってくる、いままで浮かべたことのないなかなか露骨な表情だった。

結局、途中からは麗静に手伝われながらなんとか服をすべて脱ぎ捨てた。麗静は真っ直ぐな眼差しで全裸の京をじっくりと見つめ、それから改めて、無駄に体重をかけぬよう優しく覆いかぶさってきた。

「麗静。あんたは、脱がないのか？」

もう痛みもないかわりに皮膚が薄いせいか妙に敏感な右肩の傷あとを撫でられて、ぴくりと身体を揺らしながらも訊ねると、麗静は「君が私に触りたくなったら脱ごう」とだけ答えてのひらを肩から首へ這わせた。その動きがあまりに性的だったものだから、意図せぬ声が洩れてしまう。

「あ……っ」

気持ちがいいのだ、と自らの喘ぎを聞いて自覚し、途端にかっと顔が熱くなった。恥ずかしい。女と寝るときには大抵こうして声を上げるのは相手のほうだったし、女だってちょっと撫でられた程度でこんなふうには反応しないと思う。

「私は君に隅々まで触れたいし、それで君が快感を得てくれるなら嬉しい。どうかもっと声を聞かせてくれ」

首から胸、腹へ、それから腰へとあたたかいてのひらを移動させながら麗静が囁いた。ついでのように耳にキスをされてびくっと身体が跳ねる。経験が豊富だからなのか単に器用なのか、彼がこういった行為に長《た》けていることは当然わかった。

普段は隠れている感覚を否応なしに呼び起こされるほどに強く、かと思えば指先でくすぐるように優しく肌を辿られて、次第に息が乱れてくる。そうあからさまな動きでもないのに、彼の手からもたらされるものはまぎれもない快感で、素直に溺《おぼ》れればいいのか我慢をすればいいのか判断ができず困惑した。

「ちょっ、と……！　あっ、そんな、に、いやらしく……、触る、な……、は」

腰の骨格を確かめるようにぐっと指を食い込まされ、ぞくぞくと鳥肌が立つ。思わずその逞《たくま》しい腕に爪《つめ》を立てて制止しようとしても、それが嫌悪からではないとわかっているからか、麗静は手を止めなかった。

「気持ちがいいのか？　私は君に触れることができて気持ちがいい」

「ふ、う、駄目……。きも、ち、いい……っ。だから、だ、めだ」

「駄目？　なぜ。気持ちがいいなら味わってくれ、駄目ではないよ」

普段誰かに触れられることもない内腿《うちもも》を丁寧に撫で回されて嘘もつけずに答えると、気持ちいい、というひと言に満足したのか麗静は淡く笑って言った。それはいつもの彼からは想像もできないどこか野性じみた表情で、うっすらとした怯えと、それを上回る興奮が湧きあがるのを感じた。

この男はこんな顔もするのか、それは自分に触れているからか。

酔うべきなのか耐えるべきかとあれこれ迷う余裕はすぐに奪われた。気持ちがいいと声にして認めてしまったからというのもあるのだろうし、当然、麗静から与えられる刺激により抵抗しえないだけ身体が高ぶっているからでもある。

麗静は肩から膝のあたりまで存分に京を撫でてから、それまでは触れなかった乳首に唇を寄せた。長い髪が肌をくすぐるひんやりとした感触のすぐあとに、乳首を舐めあげるぬるりとした舌を感じて、快さに力の抜けはじめていた身体が派手に強ばる。

「う、あ！　待て……っ。あぁ、それ、なんかへんだ、か、ら……！」

ぎゅっとシーツを握りしめて訴えても麗静は顔を上げなかった。待て、という京の言葉が拒否ではなくただ狼狽ゆえに発せられたものであり、そこに快楽があると確信しているからなのだとは思う。

「あ、あ、噛《か》ま、ない、で……、はぁっ、痺《しび》れ、る。そこ、気持ちが、よくて、ひりひりする……っ」

その通り、驚きとうろたえが去ったのちに襲ってきたのは強い快感だった。舌先で遊ばれ目覚めた乳首を吸いあげられ、さらにはやわらかく歯を立てられて、他にはどうにもできず身もだえながら喘ぎを洩らす。

女と寝るときにはこうも念入りに愛撫《あいぶ》されないし、ときにされることがあったとしてもここまで気持ちがいいとは感じなかった。どうしてなのだろう、自分に触れているのが麗静だからなのか、徐々に働きの鈍っていく頭でそんなことを考える。

「あ、も……、やめ、ろ……っ。それ、ばっかり……！　もう、つらい……っ」

細い針を刺されるような鋭い刺激に耐え切れなくなり、長いあいだ愛撫されて全身が汗ばんできたころになんとかそう主張すると、麗静はようやく京の乳首から唇を離した。顔を伏せていたせいでそれまで見えなかった彼の表情を目の当たりにし、ほとんど無意識に息を詰める。

彼は京に、それは素晴らしい眼差しを向けた。むき出しの劣情と愛情の入り交じった瞳の色は美しく、一度絡みあわせてしまえば視線をそらすことができなくなる。

この男はいま偶像としての冷血な白虎ではなく、ひとりの男として目の前にいる。いつかも考えたことをまた思い、どうしてか肉体的快楽とは異なるよろこびで胸が苦しくなっ

た。

嬉しいのか。生身の彼をこうして明かしてもらえるのが自分は嬉しいか？

「は……っ、あ……！　麗静っ」

しかし、自分の感情を探る余裕は、いつのまにかきっちりと屹立《きつりつ》していた性器に触れられてあっさりと散った。乳首を吸われるよりも直接的な刺激から咄嗟に逃げようとしても、片手で腰を摑まれてしまえば叶《かな》わない。

「あぁ……、駄目だ……っ、や、めて、くれ」

緩く握られ擦《こす》られて、羞恥《しゅうち》のあまりくらくらした。肌を撫でられ乳首を噛まれ、それだけでこんなふうに勃《ぼっ》起《き》するなんてあさましいにもほどがあると思う。自分はこうも快楽に弱い人間ではなかったはずなのに、麗静の手にかかればあっというまにみだりがわしい男に変わってしまうらしい。

「気持ちがよくてつらいんだろう？　出せばいい。なぜやめるんだ？」

真っ直ぐに見つめられたままそう問われ、どうにか答えたはいいものの声はみっともなく掠れた。

「恥ずかし、い、んだ、よ……！　そんな、ふうに、されたら、本当、に、出る。見ないで、くれ……」

「苦しそうだから出させてやるだけだ。それ以上のことをするつもりはない。見ないでくれ？　どうして。いまさら恥ずかしがっても意味はないだろう、私は君の健気《けなげ》な性器をもう見ている」

「そういう、こと、を、言うな……っ。あぁ、だ、めだ……、すぐ、いく、からっ！　は、あっ」

いったんは動きを止めていた手でゆるゆると扱《しご》かれて、ただそれだけなのにじわりと絶頂の予感が全身に広がっていくのを感じた。とうに高揚していた身体が、もう我慢できないというように細かく震えはじめる。

こうなってしまえばもはや、恥ずかしいだのあさましいだのと考えていられはしなかった。いきたい、早く出したい、そんな欲望で頭がいっぱいになる。

それでも、は、は、と動物みたいに息を喘がせいくらかは耐えた。しかし、わざとなのかそうではないのか麗静がなかなか決定的な刺激を与えてくれないので、結局は声にして求めた。

「ふ……、はぁ、麗静……っ、いき、たい。も、無理っ、いかせて、くれ、よ……っ、頼む、から！」

「そうだ、それでいい。さあ廉、いきなさい」

「あっ、あ……！　だ、め、いく、ああ……っ！」

それまで焦れったいくらいにやわらかだった愛撫を、ようやく意図的なものに変えられて、まるで単純な操り人形のように彼のてのひらへ射精した。絶頂の衝撃でぎゅっと閉じた瞼の裏が真っ白になり思考が飛ぶ。

気持ちがいい。セックスもマスターベーションも知らないものではないのに、これほどの愉悦を味わったことは過去にない。

麗静は器用に手を使って京の欲をすっかり吐き出させてから、特に許しは乞《こ》わず精液で濡《ぬ》れた指先を尻《しり》の狭間《はざま》に這わせてきた。不意に、誰にも触れられたことのない場所をぬるりとなぞられ、解放感に脱力していた身体がびくりと強ばる。

「……麗静」

瞑っていた目を開け、他になにを言ったらいいのかわからず彼の名を呼んだ。なじる、責める、というより怖がる、怯む声になってしまったのはしかたがないと思う。それを察したのか麗静はすぐに京から手を離し、「いまはしない」と僅かばかり切なげな顔をして言った。

「君がいつか私を思い出したら約束通りここで結ばれよう。それまではしない」

そのセリフにまずはほっとし、次に、なんともいえない罪悪感に囚《とら》われた。思い出したらと彼は言うが、別人である以上そのいつかは永遠に訪れないのだ。なにより、こんなところではいおしまいとベッドから下りたら、自分だけ気持ちのいい思いをして、この男の覚えた劣情は放置されることになる。

少しのあいだああだこうだと考えてから身を起こし、向かいあわせに座った彼へおそるおそる右手を伸ばした。さすがに男を身体の中へ受け入れてやる勇気はなくても、彼が自分にしてくれた愛撫のいくらかを返すくらいはやってやれないこともない。

そっと触れた麗静が明らかに勃起していたので思わずごくりと喉を鳴らしてから、「脱いでくれよ」と震える声で要求した。意味を図りかねたのか彼にじっと見つめられたので、なんとか続ける。

「……入れるのは、なしだ。だが、あんたも、その、出してくれ。おれがやるから」

「もし君が私に気をつかっているのならば必要ない」

「……そうじゃない。あんたはおれが、自分ばかり気持ちよくなって満足すると思ってるのか。あんたがいくところをおれにも見せろ」

なにをどう言えば気持ちが伝わるのかと悩みながら口に出すと、麗静はしばらく黙って思案の表情を見せたのちに無言のままチャンパオをはだけた。服の隙間からしなやかな裸体が覗き妙に胸が高鳴って、その自分に大いに当惑する。

それから気を取り直し、京のようにすべて脱ぐつもりはないらしい彼のボトムへ両手をかけた。自分の服を脱いだときより余程緊張して指が絡まりそうになっても、今度は麗静は手伝ってはくれなかった。まだ京の胸中を読み取れておらず様子を見ているのかもしれない。

時間をかけて服をくつろげ、怯むおのれを心の中でひっぱたいて、彼の性器を摑み出した。完全に屹立し血管を浮き出させている男を目にして喉が引きつるが、密かに深呼吸して息を落ち着かせ両のてのひらで包む。

自分と同じ器官であるはずなのに知らない感触とにおいがし、それになんだか妙に興奮した。当然ながら自分の身体にある以外の男性器なんて、しかも勃起している状態のものなんて過去には触れたこともない。

麗静の視線を感じながら性器に目を落としゆっくりと扱いた。自分で自分を握るのは一種のルーチンワークなのだから、他人のものを擦るのだって簡単だろうと考えていたのに、緊張のせいか高揚のせいか手が震えうまくいかない。

しかしその拙《つたな》さがかえって新鮮だったのか、麗静は、は、と小さく喘ぎ、汚れていない左手で京の髪を撫で「気持ちがいい」と言ってくれた。それだけで、まるで主人に褒められた犬みたいに嬉しさが湧いた理由はよくわからない。

頭の中をほとんど空っぽにして懸命に性器を愛撫していると、しばらくのあと麗静が両手の甲にてのひらを重ねてきた。おそらく達するには京の手だけでは物足りなかったのだと思う。

「君の手はあたたかい。もう少しつきあってくれ」

声をかけられ視線を上げたら、確かに快感を覚えているのだろう色めいた表情を浮かべる麗静と目が合った。ああ、この男は本当に気持ちがいいのだとその眼差しにも伝えられ、自分でも意味のわからない感情で胸がいっぱいになる。

麗静は京の手に重ねたてのひらで、想像より大胆に自身を扱いた。そののちに「もういく。受け止めてくれ」と囁き最後は京の両手の中に吐精した。

知らない動きと脈打つ性器、それからてのひらを濡らす他人の精液の手触りに、馬鹿みたいに高ぶった。パソコンにケーブルでつながれたモバイルデバイスのごとく、彼の得ている快楽が流れ込んできて、まるで自分まで極めているような錯覚に囚われる。

目を閉じて微かに眉を寄せ、絶頂を味わっている麗静の美貌に見蕩れた。こんなに綺麗《きれい》でこんなに艶《つや》っぽい男はどこを探したって他にはいない、半ば陶然とした意識でそんなことを考える。

しばらくのあいだ瞼を伏せていた麗静は、視線に気づいたのかふっと目を開けて京を見た。それから、京が表情を決めかねているうちに汚れた両手を握り軽く引っぱって、唇の端あたりにそっと触れるだけのキスをした。

「君の思いが恋であるかどうかわかったか?」

すぐに離れた唇で問われ、そこでようやく頭の中にぱっと彼の言葉が蘇った。君の思いが恋であるかどうかもわかるかもしれない、麗静はそう言ってベッドルームへ自分を誘ったのだ。

おのが心を探ろうとし、もはやその必要もないかと途中でやめた。こうした性的な行為に拒否感も嫌悪感も抱かず没頭して、かつてないくらいに興奮しているのに、彼に対する感情をいまさら好ましいなんて気取った言葉で表現するわけにもいかなかろう。

ひとつ大きく息を吸って吐き、覚悟を決めてから彼の両手を握り返してこう答えた。

「……わかったよ。おれはあんたに恋をした」

その夜は、ふたりでシャワーを浴びたあと、はじめてこの街を訪れた二週間ばかり前と同じように麗静のベッドで眠った。優しく抱き寄せられて、あの日は彼の体温に快さを感じたが、今夜は加えて心まであたたかくなるような愛おしさが胸に充《み》ちた。

恋をした、と声にしたことでおのが思いに名がついたのだと思う。もうごまかせないし逃げられない。

そもそも、最初にキスをされたときにはときめき二度目は舌を絡めて応え、その後たった数日会わない時間が続いただけでさみしくなるほどなのだから、ベッドルームに誘われる前から自分の気持ちなんて無自覚ではあれ決まっていたのではないか。でなければ手をつなぎ廊下を歩く麗静に従いはしない。

翌朝はまずダイニングルームで朝食をとり、そのあと、京が朱雀塔へ戻る前にふたりで少しゆっくりしようとリビングルームへ移動した。先に通された清潔な室内は昨日と同じ空間であるはずなのに、まるで違う世界に足を踏み入れたような感じがして、自覚的な恋とはひとをこうも変えるのかと若干戸惑う。

陽の明るさにつられて窓に歩み寄りカーテンを広く開け、眼下に広がる霧深い街を眺めた。これもまた、いつもと同じ霧幻城がいやに眩《まぶ》しく見えて目を細めていると、背後から麗静に声をかけられた。

「廉。まだ思い出さないか」

彼が口にした問いについぴくりと肩を揺らしてしまった。手をかけていたカーテンを握りしめて、彼に背を向けたまま眉をひそめる。

思い出すも出さないも、まず自分はここことは異なる世界、現代日本に住んでいた人間であり、麗静が恋い焦がれ十年間探し求めていた廉ではないのだ。なのに自分は彼の廉に対する恋情を受け入れてしまった、おのれには得る資格のない快感を、それを承知で貪ったということになるのか。改めてそう思うと自分がひどく狡《ずる》い男に思えてきて複雑な気持ちに囚われる。

どう答えればいいのかわからず黙ったまま考え込んでいると、そこで不意に後ろから髪を撫でられたので、はっと我に返った。

「すまない。無理に思い出そうとしなくていいと私が言ったんだ」

すぐに離れていくてのひらのかわりに、穏やかに告げられて、余計に胸が痛くなった。これは罪悪感だ、と自覚してしまえばもう振り払えない。

自分は麗静の愛する廉ではない、別の男なのだとことあるごとに告げてはきたが、昨夜《ゆうべ》彼の手を許した、どころか愉悦を噛みしめそのうえ自ら彼に触れた以上はなんの言い訳にもならないだろう。ちゃんと事実を述べたではないか、最初から正直にすべて話してきたはずだといくら頭の中でくり返しても、肌に蘇る快楽の記憶が強ければ強いほど胸の痛みは増した。

別人だとわかっていながら、自分は麗静から向けられる恋情や欲情を快いものとして受け止めていたのではないか。廉に与えられるべき麗静の思いを踏みにじっていないか？

「君が自身の役割を理解することも私との関係も、最初からもう一度はじめようとも言った。気にしないでくれ、君に重荷を負わせたいわけではない」

そっと肩に手を置かれ、その優しい感触に余計に罪悪感が膨れあがった。息苦しさを覚えてそれ以上黙っていることができなくなり、「勘違いだ」と絞り出すように言う。

「……おれはあんたが探してる廉じゃない。あんたには理解できないかもしれないが、前にも言った通り、ずっとここことは違う世界で暮らしていたんだ。あんたが言っていたように天選界とかいうところにいたわけじゃないだろう、そんな言葉も概念もなかった」

「廉。私は」

「だから、おれにはあんたに優しくされたり大切にされたりする理由がないんだよ。あんたの仕事の役に立てるというなら頑張るし、できることはなんでもしてやりたいけど、あんたの大事な廉になるのだけは無理だ。別人なんだ」

途中でなにか喋りかけた麗静の声を遮り、最後まで言い切ってから口を閉じた。カーテンを握りしめ眼下に広がる霧幻城をじっと見つめて、なぜ自分はこの街の住人ではないのかといまさらながらに悔しく思う。

なんの疑問も抱かず会いたかったと麗静にしがみつければよかった。身体を押し開かれてもやっとつながれて嬉しいと笑えればよかった。恋をしたのだとようやく自覚したのにその感情には後ろめたさがつきまとう。こんなのは、廉でない男に触れる麗静にとってもそれを知っている自分にとっても、ただ幸福だとよろこびに浸れる状況ではない。

呼吸をするのもはばかられるような沈黙が落ち、ますます息苦しくなる。ならばもう終わろうか、昨夜のことは忘れよう、なんでもいいから喋ってくれと念じていると、しばらくのあと肩に置かれていた手で振り向かされ正面から抱きしめられた。

正直、びっくりした。それから、どうにもしようがないもどかしさが湧いてくるのを感じた。麗静の背に腕を回すこともできず突っ立ったまま、ここまで言ってもこの男は盲目的に自分を廉だと信じ込んでいるのか、現実も自分の気持ちもわかろうとさえしないのかと焦れったさに顔を歪《ゆが》めていたら、耳もとに「構わない」と囁かれた。

「君が廉でなくても構わない。もういいんだ、だからそんなに哀しそうな声を出さないでくれ」

「……あんたまだわかってないだろ。目を覚ませ」

「わかっているよ。君が言いたいことはよくわかる」

掠れた声で訴える京を宥めるように片手で背を撫で、静かに、しかし真摯な口調で麗静は続けた。

「十年前に姿を消した廉を愛しているのと同時に、私はいまここにいる君のこともまた愛している。君がどこの誰であれ、たとえ私の探していた廉ではないのだとしてもそれは変わらない。君が昨夜言ってくれたのと同じように、私も君に、恋をした」

彼が口に出した迷いのない告白につい身体を強ばらせた。そののち、足もとからじわりと知らない熱情がこみあげてくるのを感じ思わず小さく喘いだ。

どこの誰であれ、たとえ十年間探し回った廉とは違う男でも、彼は自分を好きだと言ってくれるのか？　自分の姿に、声に、唇や身体に廉を重ねていた麗静は、ようやくありのままの自分をその目や耳、てのひらで認めてくれたのか。

微かな震えを感じ取ったのか、京を抱きしめる腕に力を込めて彼は切実な声でこう告げた。

「好きだ。愛しているよ。だから私のそばにいてくれ、消えてしまわないでくれ」

「……本当におれが、朱雀の息子じゃなくても、……同じことを言うか？」

「私はいまここにいる君に好きだと言っている。君こそ勘違いをするな」

おそるおそる口に出した問いへ、半ば叱るように、それでも甘さを含む調子で返されて目が眩《くら》んだ。まだ緊張の抜けない腕を彼の背に回して縋りつき、その肩に頬や額を擦りつける。

君こそ勘違いをするな、か。そんな単純な言葉に安堵の吐息が洩れた。麗静の心の奥底まで見通せはしなくても、彼の言わんとするところは理解できた。この男はいま確かに他の誰でもなく自分に向かって愛の言葉を囁いているのだ。十年前に消えてしまった恋人にではなく、自分にだ。

先ほどまでぎっちりと胸に充ちていた罪悪感が、栓を抜いた水槽から濁った水が流れ出すみたいにさらさらとどこかへ逃げていくのを感じ、自分も単純なものだと思い小さく笑った。それに気づいたらしい麗静が腕を緩め顔を覗き込んできたので、笑みを消せぬままなんでもないと首を横に振って示し、改めてしなやかな身体に抱きつき表情を隠した。

今日だけではない。この二週間ほどのあいだ幾度も、自分は廉ではないのに麗静から尽くされ大切に扱われて、まるで彼を騙《だま》しているようだ、裏切っているようだと考え困惑したし焦れもしたし憂い気分に囚われもした。

しかし彼が、廉でなくても構わないと告げてくれるのであれば、構わないか。いまからゆっくりと、ひとつひとつ階段を上るようにふたりの恋愛を育てていけばいいか。

「どうした?」

くすくすと笑う京に不思議そうに声をかけてきた麗静をぎゅっと抱きしめて、先ほどの彼と同じセリフを返した。

「好きだ。愛してるよ」

恋をしたと言いはしても、愛しているとまでは口にしなかった京からの告白に、麗静が一瞬息を詰めるのが伝わってきた。それからすぐに、呼吸もできなくなるくらいに強く抱きしめられたので、こみあげてくる幸福感と満足感に酔いつつ等しく腕に力を込めた。

十年前彼が愛した廉にはなれないし、彼がひとり恋人を探し求めた長い月日を埋めてやれもしない。だが、これから彼が進む道を一緒に歩くことはできる。

過去を取り戻してあげられないかわりに、せめて彼の未来を明るく彩ってやろう。麗静の求め通りずっとそばにいて、自分も彼をたっぷり愛そう。声もなく抱きあい体温を分けあいながら、そんなあたたかな思いを噛みしめた。

それから日々がすぎるに合わせ、霧幻城にも朱雀という立場にも、麗静との恋人関係にも次第に慣れていった。

朱雀塔から見下ろし、あるいはマスクをつけて歩き回っているうちに、はじめてこの世界を訪れた夜には物騒で不穏なスラムのごとき街だと感じた霧幻城に対して、徐々に強い愛着が湧いてくるのが自分でもわかった。それを麗静に話したら、彼はただ「ここは美しい街だろう？」とだけ言って微笑んだ。

そういえば会ったばかりのころに彼は、この街は人間の善も悪もすべてを受け入れているから美しいんだ、などと口に出した。あのときはいまひとつ理解し切れなかったが、確かに、奇妙な角度でせり出す窓や一歩踏み間違えれば転げ落ちそうな細い階段に囲まれた道で、昼間は老若男女が楽しげに店に集まり夜になれば殴りあいの喧嘩がはじまるこの街は、その猥雑《わいざつ》さがあってこそ美しいのかもしれないといまならば思う。

贅沢《ぜいたく》はできずとも生活していけるだけの金銭を得られる仕事があり、当然のごとく交通機関や医療制度が充実し食料品も日用品も手に入って、繁華街の居酒屋では酒と肴《さかな》が運ばれてくるあの世界のような豊かさは、霧幻城にはない。しかし、なにをもって豊かと表現するのかを改めて考えると、この街を指して貧しい、乏しいだけの土地だとはいえなくなるのではないか。

明日の約束もなく懸命に生きるものの命はまばゆい。麗静はそれをこそ愛おしく思っているのだろう。だからこそ初代朱雀の遺志を継ぎ、ひとつのピースを動かせば崩壊してしまう霧幻城の、この街なりの秩序を変容させまいとしているのだ。

ならば自分も街を守りたい。自分が四つの柱の一本として立っていることにより、霧幻城が霧幻城としての姿を保てるのであれば、折れるわけにはいかなかろう。

「とはいえなあ……。やることが多すぎないか」

遅いからもういいと柳を私室に帰した深夜、執務机に広がる書類を眺めて溜息交じりに京は独《ひと》り言《ご》ちた。もう一人前と認めてくれたのか、あるいは修行でもさせているつもりなのか、近頃の麗静は遠慮なく朱雀塔に仕事を回してくる。

さてではこの書類をいつまでに片づけようかと、なんとなく机に置かれたカレンダーを眺めて、はじめてこの執務室へ足を踏み入れた日から今日でちょうど三か月になることに気がついた。もっとずっと長い時間がたっているように感じていたが、まだそんなものかと少し驚く。

朱雀塔へ来た初日、麗静は、とりあえずは三か月この態勢でやると言っていた。それから、まずは三か月を目処《めど》に互いの様子を見てみようという意味だと説明した。

とはいえきっと麗静の想定はそんな生ぬるい言葉で表せるほど甘いものではないだろう。彼が立場に相応《ふさわ》しい人物であるか否かは期限を決めて見定め、否と判断すればその時点で椅子から降ろす。京がこの街で目覚めた翌日、彼は玄武にそう告げた。

つまり麗静は、この三か月を試用期間みたいなものだと考え、柳や宇航とともに手取り足取り自分に仕事を教えつつ適性を見ていたわけだ。ならば試用期間も終わるいま、自分は朱雀として合格点に達しているといえるのだろうか。麗静の望む、南地区を任せられるだけの代表者になれたのか？

いっとき書類から目を上げてここ三か月の行動を想起した。なんだかんだと苦労はしたもののこれといって下手を打った覚えはないし、南地区に大きな問題も起きていない。期限を決めて見定めると言った麗静が自分を二代目朱雀だと認めてくれればいいと思う。

不意に執務室のドアがノックされたのは、そうして京が記憶をさかのぼっているときだった。こんな時間に誰だと首をひねっていると、問う前にドアの向こうから「柳です」という声が聞こえてきた。

「ああ。入ってくれ、どうしたんだ、急用か？」

先刻時間も時間だからと帰らせた配下の訪れを特に不審にも思わず、書類に目を戻しながら返事をすると、ほとんど音もなくドアが開いた。柳の所作は常から上品で静かなものなのでそれに関してはいつもと同じだったが、だからこそ、普段は聞くことのないごく小さな音が耳に届きふっと違和感が湧く。

なにげなく視線をドアに向け、そこで京は思わず息をのんだ。はじめに意識に飛び込んできたのは、見慣れた配下の顔ではなく真っ直ぐに自分に向けられた銃口だった。

他に連れはいないようで、銃を構えたまま柳はひとり執務室に足を踏み入れ後ろ手にドアを閉めた。意味もわからないまま努めて冷静に見つめた銃口は、頭でもなく胸でもなく右肩を狙《ねら》っている。

どうやらこの男は、少なくともいまは自分を殺す気まではないらしいと察し、僅かばかり身体から緊張が抜けた。とはいえちょっとでも柳が腕の角度を変えれば弾丸がどこに当たるかわからない以上は、当然安心もできない。

「……どういうことだ」

銃から柳に視線を移し、相手を刺激しないよう低く訊ねると、いつも通りの淡白な口調で「今日で三か月ですね」と返された。

「白虎様があなたを見極めるまでの期限として提示した三か月が今日で終わります。白虎様の目もありましたし疑われるわけにもいきませんから、指示通り仕事を教えつつも使い物にならなければいいと願い様子を見ていましたが、残念ながらあなたは有能でした。無能であれば自滅を待っていればそれでよかったのに」

「だから、どういうことだ」

「白虎様のみならず他のものもあなたを朱雀塔の主だと認めるでしょう。だからこそ、そろそろ自ら椅子を降りてください。これ以上あなたに朱雀としての力をつけられては困ります。あなたは霧幻城の代表者にこのうえなく相応しく、同時に誰よりも相応しくない」

柳の言わんとするところが理解できず眉をひそめたまま、頭の中で目下の状況を打破する方法を必死に探った。しかし柳の構える銃から確実に逃げられる手段は思いつかなかった。街へ下りるときにはそれなりに警戒していても、まさか朱雀塔の中に自分へ銃口を向けるものがいるとは考えていなかったから、完全に油断していた。

執務机の引き出しにはナイフも銃もあるが取り出す余裕がない。武器を持つ人間に素手で向かっていっても最初の一歩で引き金を引かれて終わりだし、柳に見られないよう電話機の受話器を上げるなんて芸当もできない。

細身とはいえ朱雀塔に身を置くものであり、かつ本来は主を守るべき立場にある柳は相当に腕が立つのだ。表情を見る限り茶番や冗談で銃を構えている様子でもないので、妙な動きをすればためらいなく撃たれるだろう。どうにもしようがない。

こんな深夜では誰かがたまたま訪れることも、異変に気づき助けに来てくれることも期待できないにせよ、柳の目的がさっぱりわからない以上は自ら無駄に銃弾を浴びにいく理由もない。椅子に座り指一本動かさないまま「相応しくないとは？」と問うと、彼もまた姿勢を崩さず静かに答えた。

「私は天選民を憎んでいます」

柳の意外な言葉につい幾度か目を瞬かせてしまった。常から飄々《ひょうひょう》としている彼がそうした感情を口に出すのは、ともにすごした三か月を振り返るまでもなくはじめてだ。だから彼が天選民に対してなんらかの思いを抱いていることすら知らなかった。

自分は天選民ではなく異世界から来たただの会社員であり、地属民の痣がないのはそのためだと説明しようにも、この状況で事情を長々語ることもできないし柳も信じまい。ではなにを言えばいいのかと考えていると、京が口を開く前に柳が続けた。

「血筋が違うという理由のみで生まれながらにして地属民より恵まれているなんて、天選民が憎くてしかたがないです。当然どこにも痣のないあなたのことも憎たらしい。あなたに罪も悪意もないのはわかっています。それでも、だからこそ、憎いです」

「……おれは血筋の違いなんて意識したこともないし、どちらが恵まれているだとかなんだとか考えてもいない」

「そういうところがいやなんですよ。天選民と地属民のあいだには、住む地さえ異なるほど、文字通り天と地の差があります。あなたはその残酷さを理解していない。あなたに罪はないと言いましたが、無邪気であることはある意味において罪かもしれませんね」

柳の言い分は半分はわからず、半分はわかるような気がした。生まれも育ちも知らない、つまりは他の人々とは人生の前提が異なる自分は、幼少時の思い出や取るに足らない家族の愚痴を語る誰かを見て羨《うらや》ましいと感じたことはないか。負けが決まったのちの消化試合を片づけるように生きていたから、羨望《せんぼう》はそよ風のごとく身体を通り抜けていくだけのものだったが、あの感情が高じれば憎しみに変わるのかもしれない。

妬《ねた》んでも恨んでも憎んでもしかたがないと理屈としては知っていようと、感情はまた別の場所から生まれ、勝手に育つものだ。

この男の心にも、いつか街でマスクを風に飛ばされた自分に襲いかかってきたものたちと等しく、天選民への強い憎悪が生まれ育っていたのだ。銃を突きつけられてはじめてそう把握した。いくら柳がいままでそんな心情を面に出すことがなかったからとはいえ、自分は彼に対して無関心かつ鈍感にすぎたと、危機に立たされてからようやくおのれの未熟さに歯がみする。

そういえば出会った日に彼から、天選界へ戻りたくはならないのですかと訊《き》かれた記憶がある。我々のような地属民の痣なきものが、こんな荒《すさ》んだ街で暮らす必要などない、とも言われた。

あのときは、柳は単に自分の今後について親身に考えてくれただけかもしれないし、とすれば優しい人物だともいえるなどと考えた。しかし実際は、天選民は天に帰れと憎しみをもって忠告されていたわけだ。

「ですから、この世の残酷さを理解したうえで地属界のために尽くした初代朱雀ならともかく、彼の息子だからというだけの理由で、天選民であるあなたが霧幻城を仕切る地位につくのは許せません。霧幻城は地属民のものであり、この地で暮らした記憶もないあなたに踏み込む権利はありません。すみませんがその椅子を降りていただけますか？」

どう動くべきかわからずただ顔を歪めている京にそう問うた柳は、咄嗟に返事ができない相手の様子を見て「頷かないのならしかたないですね」と言い、右手に銃を構えたまま左手の指を鳴らした。それを合図にドアが開き、執務室へ青龍と彼の手下なのだろう数人の男が入ってきたものだから、今度こそ息も止まるほど驚き目を見張る。

刃物やら鈍器やら物騒な武器を手にした彼らが、なぜここまで入ってこられたのだろうという疑問は、考えるまでもなく一瞬で解けた。柳の手引きだ。京が朱雀の座にあることを許容できない柳は、朱雀を利用して白虎を失脚させたい青龍と裏で手を組んでいたのだろう。

決定権を持つものはひとりでも少ないほうが下に対する権力は強くなる、確か青龍はそんなことを言っていた。つまりは霧幻城の代表者を減らしたいと考えており、麗静の言ったように青龍が玄武の駒なのだとしてもそれは変わらない。朱雀を使ってまずは白虎を潰し、そののちに用済みの朱雀をも潰す、彼にはそうした目論見《もくろみ》がある。

要するに柳と青龍は、最終的には京を朱雀塔から蹴り出したいという同じ願望を抱いているわけだ。であれば彼らが共謀するのも理解できる。

「配下に裏切られるなんてみっともないな、朱雀」

「……まったくだ」

青龍にからかわれたので舌打ちしてから答えると、いかにも愉快そうな笑い声が返ってきた。彼らはいつから結託していたのだろうとその声を聞き流しつつ思案する。

あるいは最初からか。京が霧幻城を訪れた翌日、なにも伝えていないにもかかわらず突然玄武と青龍が白虎塔へやってきたとき、どこかから情報が洩れているようだと麗静は言っていた。そのどこかとは柳だったに違いない。玄武、青龍には黙っていても、朱雀塔を任せている柳には、記憶を失っているらしきことも含め廉を見つけたといち早く連絡したろうし、それを受けて柳は彼らに情報を流したというわけだ。

二代目朱雀を認められない柳がはじめて玄武、青龍と内密につながったのが、京が霧幻城へ現れたときだとしたら、さすがに麗静でも情報網のどこにほつれがあるのか気づけまい。少なくとも京が朱雀塔へ居を移して以降は、新しい主を迎えた慌ただしさもあってなのか、麗静と柳が近しく会話をしているところは見たことがなかった。また当然、気づかせないだけ柳も慎重に行動していたのだと思う。

そういえば、青龍に呼び出されて京が南地区第五倉庫へ出向いたあの日、麗静の訪れを知らせにきた柳は、青龍を倉庫裏口から逃がすような言動を取った。青龍と柳の態度に確かに不自然さを感じたはずなのに、おのが身に起こった出来事に困惑していたうえ怒りをあらわにする麗静に驚いたせいで、ついでに彼とのキスに舞いあがっていたこともあり、すっかり意識の外へ追いやってしまっていた。

あの時点で柳の正体を疑えなかった自分は青龍の言う通り実にみっともない、隙だらけにもほどがあると思う。

「朱雀。悪いがもう少しみっともない姿を見せてくれ。いまさらだろ？」

柳の構える銃が視界に入り身動きできずにいる京に、せせら笑うようにそう言い青龍は片手を振った。それに従い武器を手にした数人の男が執務机に駆け寄ってくる。

襲いかかられ応戦するも人数が違うので、街で立ち回りをしたときのようにはいかない。それでも、こうなったら一か八かだとなんとかナイフや銃がしまってある引き出しへ手を伸ばしかけたところで、首筋に強い衝撃を感じ視界がぶれた。

誰にどの武器を使われたのかは知れないが、殴られたことは理解できた。駄目だ、ここで気を失えばどこへ連れていかれるかわかったものではないと、首を左右に振って目眩《めまい》を追い払おうとするものの、同じ場所を襲う二度目の衝撃には耐えられず、電球が切れるようにぷつりと意識が途切れた。


ふっと覚醒《かくせい》した頭の中に話し声が忍び込んできた。

どうやら男がふたりで喋っているようだ。聞いたことがあるのは確かだが、目覚めたばかりでぼんやりとしていたため、それが誰の声であるのかはわからなかった。というより自分の身になにが起こったのかすらもすぐには思い出せない。

半ば夢の中といった状態のまま聞くともなしに男の声を聞いていると、ようやく身体の感覚も戻ってきたのか不意に首筋に鈍い痛みが蘇った。そこで靄《もや》が晴れるように意識がはっきりした。

そうだ。深夜に朱雀塔執務室で書類を広げていたときに、柳に手引きされて侵入してきたらしい青龍とその連れに襲われ昏倒《こんとう》したのだった。配下には裏切られ敵対者からは暴行を受け、あげくあっさりと気を失った。なんとも情けない。

あのあと自分はどこへ連れ込まれたのだろう。仰向けにひっくり返っているようだから、執務室の椅子に座り机に突っ伏しているわけではないのはわかる。

「美しい男だ。白虎が惚れ込むのも無理はないか」

淡々とした声を聞き、クリアになった頭に一度だけ会ったことのある玄武の姿が浮かんだ。それに応えて笑ったのは青龍に間違いない。

「まあそうかもな。だが、生死もわからない男を十年探し続けるってのは正気を疑う。朱雀はむかしからこうも綺麗な男だったのか？　十年前といったら十代半ばだろ」

「凛《りん》とした花のように綺麗な青年だったよ。彼が美しさをそこなわず成長したのは結構なことだ、これでこそ白虎に対する切り札になる」

彼らの会話は馬鹿馬鹿しい内容だったが、白虎に対する切り札、というセンテンスには肌が冷えた。起きあがろうにも不自然な失神から覚醒したばかりのせいかまだ腕も脚もろくに動かず、せめてと重い瞼をなんとか上げると、それに気づいたらしく玄武が顔を覗き込んできてこう言った。

「ああ、目覚めたか。このまま死んでしまったら切り札として役に立たなくなるので少々心配したよ」

「……ここはどこだ」

絞り出した声は小さく、かつひどく掠れていた。それでも言いたいことは伝わったようで、今度は青龍が「青龍塔の応接室だ」と答えた。

青龍塔、つまりは東地区まで、彼らは気を失っている自分を南地区から運んできたのか。ここへ連れてこられてからどれだけたっているのかはわからないにせよ、ひとひとり担いで他地区へ移動するだけでも三十分はかかるだろうから、自分が朱雀塔の執務室で意識を失ってからそれなりの時間がすぎているのだと思う。

ずきずきと痛む首筋に顔をしかめつつ左右を見回すと、朱雀塔や白虎塔の応接室と同じ間取りの部屋が目に映った。初代朱雀は権力を四つに分けた十五年前、まったく同じ造りの塔を霧幻城の四隅に建てたらしい。

応接室にいるのは玄武と青龍、それからみっともなくソファの上で伸びている自分だけのようだった。手足がいうことを聞かず身じろぐことしかできない京に、まるで無力な小動物でも眺めるかのごとき眼差しを向けてから、九十度の角度で置かれたソファに座り玄武が告げた。

「苦痛を与えたくはなかったが、青龍によると君はなかなか話を聞いてくれないそうなので、いささか強引な手段を取った。それについては謝罪しよう」

威圧感を与えるのでも恐怖心をあおるのでもない、わざとらしいくらいに穏やかな声色がかえって気味が悪い。そもそもいささかどころではなく相当に強引な手段だったと思う。

つい眉をひそめた京が文句を言う前に、今度は、玄武にならいその向かいのソファに腰を下ろした青龍が口を開いた。

「そろそろ聞き分けろ、朱雀。白虎を捨てておれたちの側につけ。素直に頷けば悪いようにはしない」

「……断る。前にも断ったろう、おまえには記憶力がないのか？」

「強気であるのは結構だが、おまえがいまどこにいるのかは考えたほうがいいな。ここは青龍塔だ、呼べばおれの兵隊が集まる。あの日いやな思いをしたんじゃないのか、同じような目にあいたいなら悪趣味だし、なんのことだかわからないというのならおまえにこそ記憶力がない」

青龍が、南地区第五倉庫での一悶着《ひともんちゃく》を示し、二度目は冗談ではすまされないと自分を脅していることは当然わかった。確かにもう一度彼に、あるいは今度は彼の配下に押し倒されのしかかられるのは御免被りたい。とはいえ、自分がそれに怯えて頷く性格ではないことくらいは彼も承知しているだろうから、単に相手が吐いた嫌みに対して、状況を把握しろと嫌みで返しただけだと思う。

おまえがいまどこにいるのかは考えたほうがいい、という彼のセリフは理解できるものだった。街中にいたあのときはともかくとして、残念ながら彼の言う通りいま大声で叫んだところで助けが来る可能性は一パーセントもなく、駆けつけてくるのは青龍の手のもののみだ。

言い返せず顔を歪めていると、それまでふたりのやりとりを黙って聞いていた玄武が「そう乱暴な物言いをすべきではない」と青龍を諫《いさ》め、そののちに相変わらずの穏やかな、まるで京を宥めすかすような口調で続けた。

「朱雀よ。我々は君に無理を強いているのではなく、協力をお願いしている。よく考えてくれ、君は我々と共闘したほうが得をする。こちらが霧幻城を制すればそれ相応の地位と金銭を分け与えよう。君は現在よりも羽振りのよい生活ができるだろうな」

「……三人で霧幻城を仕切ろうという話か？　馬鹿馬鹿しい、あいにくおれの頭に花は咲いてない。青龍にも言ったが、どうせその三人はふたりになり、最終的にはひとりになる予定なんだろ。残るのは玄武、あんたというわけだ。おれはそうした街のありかたは望まない」

「朱雀が我々の側につけば君を溺愛している白虎は動けなくなるので、結果的に無駄な血を見ずにすむ、とは思わないか？」

飴《あめ》と鞭《むち》とはずいぶん使い古された手法だと半ば呆れながら言い返した京に、玄武は不意に声色を冷たく変えて問うた。無駄な血を見ずにすむ、要するに頷かなければ抗争も辞さないと彼は言っているのだろう。図星を突かれすぐに溶ける飴ならば、はじめからちらつかせなければいいのにとさらにうんざりする。

「……無駄な血が誰のものになるかわかりもしないのによく言うよな、とは思う。いずれにせよおれの答えは変わらない、あんたらに協力はしない」

辟易《へきえき》は隠さず答え、ようやく動くようになった両手をついてソファに半身を起こすと、そこで、いつのまに手にしたのか玄武から真っ直ぐに銃口を向けられたので身体が固まった。肩に照準を合わせていた柳とは違い、彼が明らかに額へ狙いを定めていたため、今度こそはっきりとした危機感を覚えつい喉を鳴らす。

これは駄目だ、口先だけで切り抜けられる状況ではない、あまりにも不利だ。なにか対抗できるものはないのかと動けぬままそっと視線だけを左右にずらしたら、ローテーブルの上にもう一丁拳銃があるのが認められたが、青龍の目の前に置かれているので手を伸ばせない。

「君の目には十年前を再現するような情景が映っているのだろうな。ただし銃を握っているのはいまは私だし、結果も当時とは異なるものになる。さあ、どうする朱雀？　またあのときと同じ行動を取ってみるか？」

低い声で問われてもさっぱり意味がわからず、視線を戻し首を小さく横に振って知らないと示すと、玄武はその京の仕草を見て「そうか。君は記憶がないのだった」と呟《つぶや》いた。それから、京が口を開く前に銃は下ろさず静かに続ける。

「月日がすぎたとはいえいまの君は十年前からまるで性格が変わっていないので、失念していた。ならばあの日の光景を覚えているのは私だけか。君は白虎から十年前の件についてなにも聞いていないのか？」

「……初代青龍が初代朱雀に反旗を翻したというのは聞いた。いまの青龍は二代目で、あんたの縁者だというのも知っている。白虎がおれに話したのはそれだけだ、詳細は教わってない」

「なるほど。白虎は君に自ら思い出させたほうがいいと判断したのか？　それとも不要な情報としてあえて言わなかったのか。しかし当時のいきさつを知らないままでは霧幻城の代表者は名乗れまい、初代朱雀や白虎が重んじる権力の分散がどれだけ危ういものか、君も理解したほうがいいだろう」

京の返答を聞き玄武はそう前置きをして、右手の銃は下ろさないまま十年前の出来事について淡々と説明しはじめた。それによると、初代青龍が霧幻城の事実上のトップであった初代朱雀に弓を引いたきっかけは、廉の病を治した薬に関係するらしかった。

「薬？」

「そうだ。地属界でしか作れない薬だよ。となれば当然天選界へ高値で売れる。初代朱雀は霧幻城へやってきた二十年前から長い時間をかけて薬の安定生産を成功させ、天選界へ供給するルートを確立させた。初代青龍はその利益を独り占めしたくなったのだろう、諸々の体制が整った十年前に、霧幻城を牛耳ろうと目論み、権力を得るべく動いた」

地属界でしか作れない薬か。玄武の言葉に、いつか麗静から聞いた話を思い出した。彼は確か、廉が患《わずら》った病の治療薬は、標高の低い土地でないと育たない植物から抽出される成分を主としていると言っていた。天選界では得られないものである以上、その薬を必要とする天選民は地属界に対していくらでも金を積む。当初は初代朱雀が、現在は白虎が管理しているというそれを自分だけのものにすべく、初代青龍は楯《たて》を突いたわけだ。

「欲に目が眩んだのか、初代青龍の取った行動はおよそ理性的とはいえなかった。初代朱雀が権力を四つに分けたのは十五年前、以降五年のあいだ霧幻城の安定のため生真面目《きまじめ》に働いていた男だとは思えなかったよ。人間の精神というのは欲望に侵食されると簡単に歪むな」

続けられた玄武の説明を聞く限り、初代青龍の起こした事件は、京が想像していたよりもずっと厄介なもののようだった。彼は、おのれが絶対的優位な立場となる状況で初代朱雀を呼び出し交渉するため、人質としてこともあろうに当時十六歳だった朱雀の息子、すなわち廉を誘拐し青龍塔へ連れ込んだのだという。廉はそのときに暴行を受け右肩に傷を負ったらしい。

「あれは今日と同じく夜だった。初代青龍が君を拐《かどわ》かしたと知り、初代朱雀、白虎、そして私の三人でここ青龍塔の応接室へ駆けつけたとき、君は右肩から血を流していた。傷あとが残っているのではないか？　軽い怪我ではないように見受けられた」

「……傷あとは、ある」

「血を流す君に初代青龍は銃を突きつけ、権力をよこせ、さもなくば息子を撃つと初代朱雀を脅した。力を分散したとはいえもとは朱雀の一強だったのだから、そのつもりになれば霧幻城は朱雀の意思で動かせる。あくまでも彼が彼の信念としてそうしなかっただけだ。だからこそ初代青龍は朱雀の権力を欲した」

暴行を受け拐かされたあげくに銃を突きつけられた、そんな記憶はいくら探しても頭の中にはなかった。別人なのだから当然だ。しかし肩の傷あとという一点については、玄武に、なにより自分に対して知らないと嘘をつくことはできなかった。

そういえば、はじめて霧幻城を訪れた三か月ほど前にこの右肩に残る古傷を見た麗静は、君は間違いなく私の愛する廉だ、と呟いた。彼はそれについて詳細を語りはしなかったが、この傷あとがあったからこそ自分を廉だと確信したのだろう。

どういうことだ、偶然か。もちろん偶然以外の何物でもないはずだ、にせよあまりにピンポイントの一致に動揺を禁じえないのは確かだった。

「君は命乞いをしなかったし、父親に助けを求めもしなかった」

その京の表情を眺めながら、銃を右手に構えた玄武は特に抑揚もない口調で続けた。

「ではなにをしたかというと、窓を開けて飛び下りたんだよ。不意を突かれた初代青龍は人質を止めることもできなかった。ここは五階だ、即死ぬかもしれないし、運よく木にでも引っかかれば助かるかもしれない、なんとも中途半端な高さだな。いまそうして存在しているのだから言うまでもなく君の遺体は見つからなかった、と同時に姿さえなかった。君はまさに消えたんだ」

「……窓を開けて飛び下りた？」

「ああ。そこの窓だ」

意味がわからず玄武の言葉をくり返した京に、彼は左手で半分カーテンの開いている窓を指さしそう言った。これも当然覚えていない、のではなく知らない。しかめ面をして夜の窓を見ていると、「なんとも潔い青年だ」という玄武の声が聞こえてきたので、はっと視線を戻した。

「君は父親の、あるいは父親だけでなく近しくしていた白虎の足手まといになりたくなかったのだろう。自分のせいで朱雀の権力が奪われるくらいなら、自ら命を投げ出したほうがよいと思ったのではないか。私はそうした清い男は嫌いではないよ」

無表情で続けられた玄武のセリフは理解できないでもなかった。おのが命を盾にされ大切なものが追い詰められていたら、確かに自分でもさっさと死んでしまったほうがましだと考える。

十年前に消えた朱雀の息子と自分の思考は、似ているのか？

「あのときに私はひとつの事実を知った」

ますますの動揺を覚え口を開けないでいる京に、そこで不意に僅かばかり声を強いものに変え玄武が言った。

「権力やそれによって得られる利益を分散させれば無駄ないざこざを生む。決定権を持つものはひとりであったほうがいい。よって、謀反を試み君を拐かした罪で霧幻城から追放された初代青龍の後継に、縁者である現青龍を推し、ふたりで権力をまとめる機会を待っていた。初代朱雀は隙のない男だったから結局は彼が死ぬまで時機は来なかったが」

それは違う、むしろ危うい思想だ、と言い返そうにもうまく声が出なかった。十年前に消えた朱雀の息子、十年前に記憶を失った状態で発見された自分、みなが同一人物だと信じて疑わないほどそのふたりはそっくりで、なにより、いつ負ったのかも知らない右肩の傷のあとが合致するのはなぜだ。思案すれば思案するほど疑問は深まり、動揺を超した混乱に襲われる。

そのとき応接室の外、エレベーター正面の方向から銃声が聞こえてきたので、はっと我に返った。弾《はじ》かれたように青龍が立ちあがり、また玄武も京に銃口を向けたままゆっくりと腰を上げる。

塔の主である青龍が不意を突かれた様子である以上、武器を使わなければ進めない侵入者が予告なく青龍塔を訪れ応接室のある五階まで押し入ってきた、と考えるしかないだろう。次第に近づいてくる銃声が部屋のすぐ外で止《や》み、このタイミングで現れるものなど他にいまいという予想通り、麗静がドアを蹴り開け応接室へ入ってきた。

「南地区の塔近くで仕事をしていた仔空が、ぐったりしている朱雀が誰かに運ばれていく姿を偶然目にしたそうで、劉が連絡をよこした。急ぎ朱雀塔へ向かい柳から事情を聞き出したところによると、どうやら青龍とその後ろで糸引く玄武が感心できない行動を取ったらしい」

静かに告げた彼は両手に拳銃を下げていた。構えていないのは玄武に銃で狙われている京の姿を認めたからではないか。その後ろで宇航が廊下に銃を向け主の背を守っているのは見えたものの、麗静は他の配下は連れていないようだった。

一触即発の状況にあることは認めるが、私はできれば表立っては彼らと対立したくない。いつだったか彼はそう言っていたから、大勢で押しかけ無駄に騒ぎを大きくしたくなかったのだと思う。

青龍はともかく玄武は驚いた様子も動揺も見せなかった。京に狙いを定めた銃はそのまま、ちらと麗静に目をやり淡々とこう告げる。

「朱雀を溺愛する君ならば、変事を嗅《か》ぎつけてここへ来るのではないかと思ってはいた。ちょうどいい、白虎。そろそろ決着をつけようか。君は争いを望んでいないようだが、いつまでも膠着《こうちゃく》状態が続けば互いに消耗するだけだ。だからいま、この場で、我々のみで現状を始末しよう」

「……そうだな」

玄武の言葉に、麗静は僅かな間を置いてから短く答えた。そののち、背中合わせに立っている宇航へ「君は白虎塔へ戻りなさい」と指示し、素直に従った彼が静かにドアを閉めるのと同時に、なんの前触れもなく左手に下げていた銃を投げた。

想定外のタイミングで真っ直ぐに飛んできた拳銃を反射的に受け止め、咄嗟に立ちあがって両手で構えた。三か月ほど前にこの街を訪れてから麗静に使いかたは教わっていたし幾度か練習もしたにせよ、こんなものを実戦で使ったことはない。なのに自然に身体が動いた自分に少々びっくりする。

停滞していた空気が掻き乱されるような一瞬のあと、気づけば、玄武が京に、京が青龍に、青龍が麗静に、そして麗静が玄武に銃口を向ける巴《ともえ》の状態になっていた。これでは下手に動けない。誰かが引き金を引けば複数人、最悪の場合は四人全員が死んで終わりだろう。

先ほどまでとは較《くら》べものにならない緊張感が場に充ち、ぴりぴりと肌が痺れるようだった。これは余興ではない。本気で命を取りあう、玄武曰く現状の始末なのだ。そう思うと、痛いくらいの沈黙の中微かな耳鳴りまで聞こえてきて全身に冷たい汗が滲《にじ》む。

間合いを計りながら互いにじりじりと、反時計回りに詰め寄った。ソファの後ろ、観葉植物の横を通りすぎ、半ばカーテンの開いた窓の前に立ったそのとき、不意に激しい頭痛に襲われ銃を構えたまま京はつい低く呻《うめ》いた。

頭痛の原因はすぐにわかった。まるで洪水のように、あるいは早回しの映画のごとく、ずっと失っていた十年前よりむかしの記憶が一気に蘇ってきたからだ。とてもではないがすました顔では受け止められない、そう生ぬるい衝撃ではない。

「朱雀」

京の異変を察したらしく、視野の隅にいる麗静が銃の狙いは外さぬまま声をかけてきたが、すぐには返事ができなかった。青龍へ向ける銃口を揺らさないようにするだけで精一杯だ。

そうだ。十年前のあのとき、自分は確かにこの場所で銃を突きつけられ、すぐそばにある窓から飛び下りた。空にいた時間は瞬きひとつする程度のものだったはずなのに、いま視界の端にあるものと同じ、霧で霞《かす》んだ夜の街がはっきりと目に映っていた。

死んでもいいかと考えたのだ。自分の命が愛する霧幻城の秩序と秤《はかり》にかけられているのなら、そんなものは自らの手で取りあげ捨てても構わない。

そうした思いと呼応するように意識が途切れ、次に目覚めたときには記憶を失った状態で日本の繁華街の裏路地にいた。夜の街に不似合いな年代、肩に怪我、しかも頭の中がまっさらだったためまともに受け答えできない京の様子を見て、たまたま通りかかった通行人が警察と救急に連絡をしてくれたのだ。そののち十年を日本ですごし、三か月ほど前に霧幻城へ足を踏み入れた。

過去がすべてつながった、全部思い出した。その感覚は、大声で叫び出しそうになるくらいの激しいショックを京にもたらした。嬉しいだとか哀しいだとかそんなものではない、頭の中に突風が吹くような、感情が追いつく余地もない混乱が襲いかかる。

そしてその混乱が去ったのちに残ったのは、めちゃくちゃに乱れていたルービックキューブが全面色をそろえ目の前に転がってきたかのごとき、整然とした理解だった。

この街へやってきた夜、自分は異世界にトリップしたのだと考えた。しかしあれは間違い、というより勘違いだったのだ。

記憶を持たない根無し草だった自分は日本から霧幻城へやってきたのではない。逆だ。十年前に霧幻城から日本へトリップしたのだ。そして、あのとき辿りついたのと同じ繁華街の裏路地から三か月前にここへ、戻ってきた。

つまりは麗静が言った通り、自分は紛れもなく初代朱雀の息子として生まれ育った、廉であるということだ。

◆◆

「……思い出した」

掠れた声で京――廉がそう告げると、麗静が息をのむのが気配で伝わってきた。ともすれば唇からあふれ出してしまいそうになる叫声をなんとか抑え、青龍へ銃を向けたまま続ける。

「……おれはこの世界で生きていた。父親のことも、白虎のことも、初代青龍や玄武のことも、全部思い出した。霧幻城の秩序を守りたいと願い、あの夜この窓から飛び下りたことも」

そこまで言ってから口を閉じると、応接室にはいましがたまでとは異なる沈黙が落ちた。痛いくらいの緊張感に、腹の中を探りあうようなじめつく空気が交じりあい、ますます剣呑な雰囲気が充ちる。

そうして四人ともが無言で銃を構える時間がすぎ、しばらくののちにようやく麗静が動いた。青龍から焦点はずらせずとも、彼が、右手の銃はそのまま左手でなにかを懐から取り出す姿は視野に入った。

「朱雀。ならば君にも父親の思いが理解できるだろう」

麗静が左手に握った、小ぶりの黒く細長いケースの正体がわからず眉をひそめていると、彼はこれといって感情を交えず言った。

「このケースは朱雀の持つ決定権だ。初代朱雀は東西南北に塔を建設する際、その地下に各々爆発物を埋め込んでいた。いずれかのボタンを押せば、それに対応する塔で爆発が起こり建物は間違いなく崩れる。初代朱雀はあえてそうしたしかけをしていたんだ」

麗静が発した言葉にまずは驚愕《きょうがく》し、次に、鳥肌が立つような恐怖とも興奮ともいえない未知の感覚に襲われた。彼が器用に片手だけで蓋《ふた》を開けたケースの中には、一から四の数字が記された四つのボタンが縦に並んでいる。

廉のみならず青龍も、玄武さえもが息を詰める中、麗静はひとり冷静な態度を崩さずに続けた。

「二代目朱雀が戻るまではと初代朱雀は私にこれを預けた。どうにもならないいざこざが起こった際には使ってよいと言われている。さあ朱雀、君の父親が残した最終手段だ。私は君の命令に従おう、どのボタンを押せばいいか教えてくれ。いっそこの青龍塔を我々も

1 2 3 4

ろとも吹き飛ばしてしまうか？」

彼のセリフに玄武と青龍が明らかな焦りを見せた。拳銃を構える四人のあいだにこれまで以上の緊迫感が漂う。

父親が残した最終手段、か。深呼吸をしてなんとか自分を落ち着かせ、麗静の言い分を頭の中で幾度かくり返し、「まずは銃を捨てろ。玄武、青龍、白虎もだ」と低く指示をすると、三人ともが廉に従い武器を床へ置いた。廉のひと言でどこかの塔が崩れ落ちるこの状況では、玄武たちでさえも下手に逆らえないのは当然といっていいだろう。

誰かが動けばすぐに撃てるようひとり銃を構えたまま、いま父親が生きていればどうするかとしばらく黙って思案した。たとえば麗静の言うように青龍塔を爆破させすべての代表者を消す？　そうすれば、四人が日用品等の入手ルートやライフラインその他を整えることで人々の生活が成り立っている霧幻城が、いまとは較べものにならないほど荒れ果てるのは確実だ。

では今回の件の主犯ともいえる玄武の塔を壊す？　しかし偶像としての玄武の象徴を失えば、当然ながら彼の取り仕切る北地区は崩壊するし、それはいつの日か他地区にまで及ぶに違いない。

ならば白虎塔？　朱雀塔？　いずれにせよ、ひとつでも塔が崩れれば行く末は同じだ。霧幻城は変容し秩序が乱れる。現在東西南北から街を見下ろす四つの塔は、畏敬、畏怖の対象として、人々に安心感を与えるために、また暴走を抑制するためにも、どれも必要なものなのだ。

どうして父親は各塔に爆発物をしかけ、朱雀の指一本でいつでもどの塔でも消し去れるという切り札を残したのか。おかしくはないか？　こうした、ひとりの意思だけですべてが決まるありようは、初代朱雀の本意ではないと思う。

「いまのおれはおれひとりの決断で霧幻城の未来を変えられる」

無言で廉の発言を待っている三人に、努めて静かに告げた。

「これは、あえて権力を四つに分けた初代朱雀の思想に反する。どう考えても変だ。だからおそらく父親は、代表者の妄動に対する抑止力としてそのケースを残したんだろう。おれは彼の遺志を引き継ぐ。これ以降、誰も騒ぎを起こさないと約束してくれ。そうすれば白虎にボタンは押させせない」

「だが」

廉の言葉に青龍が異議を唱えかけたが、すぐにそれを玄武が「青龍、やめろ」と制した。そののち、いままで以上に感情を消した声音でこう告げる。

「朱雀よ。君の手に我々の運命が握られていることは把握した。弓引けばすべてを失うと知りつつ無意味に歯向かうほど私は馬鹿ではないし、縁者として青龍にもよく言って聞かせよう。君の要求に従い以降騒ぎは起こさないと約束する」

理性的な彼の態度と発言に内心ほっとし、ひとつ頷いて銃を下ろした。この男は確かに馬鹿ではないから、朱雀の考えひとつでおのれの命が危険にさらされると理解すれば、胸中はどうあれ行動としては言葉通り無意味に歯向かってはこないだろう。

今後は互いの権力や管理地区については不可侵のこと、万が一またいざこざが起これば今度こそ容赦なくボタンを押すので約束は破らないようにと念を押してから、口惜しそうな顔をしている青龍と無表情の玄武に背を向けた。麗静とともにドアへ向かい、応接室から出る前に振り返ってふたりに言い残す。

「おれたちが争いあうのはやめよう。この街は四つの柱で支えられている、それが、初代朱雀の考えた最もよい霧幻城のありかただ。そしておれもそう思う。欲張らず気を抜かず誇りを持って、この美しい街の支柱であろう」

「……君は十年前から変わっていないな」

「父親は十五年前、あんたを見込んで玄武にしたんだろ？　街の四分の一を任せるだけ信頼したんだよな。だったらおれも信じるから、十五年前のあんたに戻ってくれよ」

廉の言葉に玄武は僅かばかり目を見開き、それから小さく溜息を洩らした。反逆の第一歩として十年前の初代青龍と等しく廉を拐かしたというのに、信じると言われて驚き、また完全な負けを認めたのだろう。

ちらと視線を向けた麗静は眩しげに目を細め廉を見ていた。自分の采配《さいはい》に不満を抱いているようではないのでこれにも安堵し、口には出さず手だけでもう行こうと示し廊下へ出る。

「いまの我々は青龍に敵対するものではない。銃を向けるのは主に確認してからにしなさい。下手に動けば不利益を被るのは青龍だ」

応接室前の廊下に立っている青龍の配下たちへ、ひやりとするような鋭い口調で告げる麗静の声を聞きながら、銃を服に収め先に立って歩いた。ふたりでエレベーターへ乗り込み扉を閉めたところで全身から力が抜け、くたりと座り込みそうになるのを壁にもたれてなんとかこらえる。どうやら自分はおのれの認識以上に緊張していたらしい。

四階、三階へと移動するエレベーターのランプを眺めていたら、先ほど窓の前ではっきりと思い出した父親の顔が、ふと脳裏に浮かんだ。子どもの目から見ても清廉で、私利私欲ではなくただ誰かのため、なにかのために動く凜々《りり》しい男だったと思う。

彼はまさに霧幻城を支える誇り高き柱だった。では自分は、その名を継ぐに相応しい人間としてこの街に立てるだろうか。

マスクがない、と廉が零すと、青龍塔を出ての第一声がそれかとでもいいたげな呆れ半分感心半分といった表情を浮かべてから、「では裏道で戻ろう」と言い麗静は迷う様子もなく暗い路地へ足を踏み入れた。三か月ほど前、記憶のないまま霧幻城へ戻った夜に前後を守られ辿った迷路のような、不規則に積み重なる建物が両脇《りょうわき》から迫る狭く入り組んだ道だ。

他にはひとけもない路地を少しのあいだ無言で歩いた。男ふたりが横に並ぶと時々壁に肩がぶつかりそうなって、幾度かおかしな格好をするはめになったが、いまは雛鳥《ひなどり》みたいに麗静の後ろにただくっついているのも違う気がする。

「ケースを返そう」

いくらか黙って裏道を進んだのちに、青龍塔にいたときとは違う穏やかな口調で麗静が告げたのはそんなセリフだった。

「廉。君の父親が残した最後の切り札だ。記憶が戻ったのであれば君が持っているべきものだろう」

「いや。あんたが預かっていてくれ」

特には悩まずそう返すと、隣から横顔へ視線を向けられるのがわかった。あえてそれには応えず前を向いたまま続ける。

「そいつを持っていることでおれの一強になるような状態は好ましくない。霧幻城の行く末はひとりの指先に委《ゆだ》ねられていいものじゃないよ。だから、あんたが持っていてくれ。

おれが変なことを言い出したら叱りつけて正しい道を教えてくれ」

「切り札を自分で手にしていたいとは思わないのか」

「実際には使わないための切り札だからな。おれが持っていると思わせておいて、実は持っていなくても構わないだろ。父親だってそう考えていたはずだ」

投げかけられた問いに歩きながら答えたら、麗静がふっと笑う気配を感じた。この答えはどうやら彼の満足するものであったらしい。

またしばらくふたり無言のまま歩いた。霧がかかった細い道は、周囲の建物から洩れる僅かな明かりしか届かず、どこまで進んでも薄暗い。こんなに危なっかしい路地を使うのはごく限られた人間だけだろうし、深夜ならなおさら余程の物好き以外は誰も通るまい。

こうした不便極まりない道もまた霧幻城をなす一部だ、そんなことを思っていると、隣を歩く麗静が不意にこう言ったのでつい足を止めた。

「フェイクだ」

「……フェイク？」

咄嗟には意味がわからず隣に目をやり同じ言葉をくり返したら、麗静もまた立ち止まり仄かに笑った。

「冷静に、現実的に考えてみてくれ。この環境で遠隔での塔の爆破が可能だと思うか？天選界とは違い安定した電波が飛ばせないため携帯電話とやらも使えない街、しかも初代朱雀が各塔を建設したのは十五年も前だ。できるわけがないだろう」

「……なんだって？　つまり、はったりだったのか？」

思わず素《す》っ頓狂《とんきょう》な声を上げると、麗静は笑みを深めて、静かに、というように人差し指を立てた。それから、明かされた事実に理解が追いつかずぽかんとしている廉に、珍しくもどこか愉快そうな声で続ける。

「そう、はったりだ。塔の下に爆発物などしかけられていないし、このケースは子どもの玩具《おもちゃ》にもならないがらくただ。いくらボタンを押してもなにも起こりはしない。朱雀塔で柳から少々強引に事情を聞き出したあと、君の執務室にあった適当な材料で作った。これは万年筆のケースだ、ボタンは電話機から取り外してここに貼った。見覚えがないか？」

「……ちょっと待て。いや、そうか。ああいや、でもそれは」

考えてもいなかった種明かしに混乱し、しどろもどろになっていたら、麗静が他人事《ひとごと》のような口調でつけ足した。

「玄武と青龍は初代朱雀を、底知れない力がある人物だと信じている。地属民には理解の及ばない天選民だけの魔法が使えるとでも思っているのかもしれないな。だからこのケースが偽物なのではないかなどと疑いはしないだろう、彼らが信じる限り間違いなくこれは切り札だ。君もそのつもりでこの先芝居をすればいい」

「……おれも信じた。なんだよ、先に言ってくれ」

しばらく口を開けたまま麗静を見つめ、それから半ばなじるようにそう言うと、彼はすました調子で答えた。

「あの状況でどうやって君だけに説明するんだ？」

「だとしても、なにもおれまで騙すことないんじゃないか。はったりだと？」

驚愕に少しの怒りが交じり込み、つい眉をひそめて言いつのる。そののちに、なんだ、はったりか、とようやく理解が追いついてきて肩から力が抜け、今度はおかしくなってきた。

確かにあのとき麗静がケースを持っていなければ、なにが起こっていたかわからない。誰かが銃の引き金を引いたかもしれないし、いまだに四人で睨みあっていた可能性もある。そう思えば麗静の取った策は実に巧妙なのだが、真実を知ってしまえば馬鹿馬鹿しいほどに単純なブラフだ。

「それならおれは、万年筆のケースと電話機のボタンを頼りにずいぶん偉そうなことを言ったんだな。ああ、恥ずかしい」

は、と気の抜けた笑い声を洩らしてから言うと、麗静はにっといたずらに笑って「格好よかったよ、二代目朱雀」と告げた。見たこともない表情にまずびっくりし、次にますます脱力する。この男が自分を溺愛しているのは事実でも、こういうときには平気で朱雀の名や立場を横から利用するらしい。

止まっていた足を前に向け麗静が再び歩き出したので、それに合わせて狭い道を進んだ。十年も留守にしていたため、しばしば見回る南地区ならともあれ、日々めまぐるしく変化する街の裏道をどこでどう曲がれば東地区から抜け出せるのかさっぱりわからない。しばらくのあいだ黙って路地を右へ左へと辿り、いい加減方向もあやふやになってきたころに、麗静が立ち止まりふたつに枝分かれする道の左手を指さして言った。

「こちらへ道なりに進めば朱雀塔の前に出る。この細道ならひとに出会うこともまずないはずだ。疲れたろうからゆっくり休みなさい」

わかった、と答えようと開きかけた口をいったん閉じた。それから少し考えて、違う言葉を声にした。

「麗静。朱雀塔へ来ないか。今夜のおれがベッドでどんな顔をするのか興味が湧かないか？」

ストレートな誘いに麗静はすぐには返事をせず、黙って廉をじっと見つめた。その彼へ怯まず真っ直ぐに視線を返し、あとはこちらも無言で答えを待つ。

いままで何度か性的に触れあいはした、とはいえそれは日本から霧幻城へうっかりトリップしたと思い込んだまま手を伸ばしたのであり、自分は彼が愛し十年間探し回っていた廉だと自覚して抱きあったことはない。

「私を思い出したというのは本当か」

　長いあいだ沈黙していた麗静は、常より低い声で廉に問うた。自身がそうしたのと同様、青龍塔で言ったのは全部はったりだと告げられる可能性を考えたのか、彼らしくない緊張が透けて見える目をしていると思う。

「本当だよ」

　そんな彼がなんだか可愛らしく感じられて、自然と笑みが零れた。右手を上げてそっと頬を撫で、ああ、十年前もこうしてつま先立ち背の高い彼に触れていたなと改めて実感する。

　年の離れた彼は憧《あこが》れの対象だった。そして、子どもながらに真摯な恋をしていた。交わしたのは抱擁とキスとちょっとしたじゃれあいくらいだったが、胸が痛くなるほどにときめいたし、彼も当時の自分を、力を込めて握れば壊れる繊細なガラス細工のように優しく愛してくれていたと思う。それを知っていたから余計に恋情は強まった。

　あんなにも熱い思いをどうして忘れていられたのだろう。

「おれはあんたに惹《ひ》かれてた。あんたとの恋に夢中になってた。大人になったら結ばれようと約束したよな、だからおれは早く大人になりたかった。十年間も忘れていて悪かったよ」

「廉」

「おれは二度あんたに恋をしたんだ。記憶もないのにやっぱりまたあんたに惚れた。好きだよ。子どもだったときもいまもあんたのことが大好きだ」

「……廉」

いつでも平気で口説き文句を紡ぐのに、いまはそうできないらしく麗静はただ廉の名だけをくり返した。それほどに彼は、恋人が甘い記憶の詰まった過去を思い出したことが嬉しいのかもしれない。

そしてまた、廉の発した言葉に心を射られもしたのだろう。

「なあ麗静。おれは大人になったよ」

頰を撫でながら囁くと、そこで麗静は廉の右手首を摑んだ。それから、相手がなにかを言う前に、先ほど指さした朱雀塔への道に足を踏み入れ、廉を引きずるように歩きはじめる。

逸るその様子に少し驚いたのちに、じわじわと愛おしさで胸が充ちていくのを感じた。この男はいまこうも自分を欲してくれているのだ、それを隠すこともできないのだ。そう考えると、嬉しさと同時にやっぱり可愛い男だなという彼には不似合いなような相応しいような思いが湧いてきて、密かに笑った。

深夜の朱雀塔三十階でエレベーターを降りた途端に、強く抱きしめられた。それをどうにか落ち着かせ先にシャワーを浴び、物言いたげな顔をしている麗静を次にバスルームへ押し込む。

ベッドルームで彼を待つあいだ、無意味に部屋の中をぐるぐると歩いて悩んだ。そののち覚悟を決めてチェストを開け、ジェルのチューブを掴み出して枕《まくら》の下に押し込んだ。

君がいつか私を思い出したら約束通りここで結ばれよう。はじめて触れあった日、尻に指を這わせて麗静はそう言ったのだ。あのあと、たとえ別人なのだとしてもやっぱり欲しいのだとこの先要求される可能性もあるかとこっそり買い求め、いままで使う機会もなくチェストに放り込んだきりになっていたジェルを、今夜こそ使ってやる。ようやく当時の恋心が蘇ったのだから、彼を身体の中に受け入れ結ばれたい。

昼間に使用人が綺麗に整えてくれた羽毛布団を引きはがし、とはいえそんなことが可能なのかといままで何度か触れた麗静の身体を思い起こし唸《うな》っていると、予想より早くノックが聞こえ返事をする前にドアが開いたのでびっくりした。自分が無駄にああだこうだと考え込んでいた時間が長かったのか、彼が常になく急いでシャワーを浴びたのかはわからない。

バスローブ一枚を引っかけただけの麗静は、後ろ手にドアを閉め足早に廉へ歩み寄って、もう待てないというように恋人を両腕の中に収めた。ぎゅうぎゅうと抱きしめられて息苦しくなり、背中を軽く叩いてちょっと待ってくれと示すと、麗静は腕を緩めじっと廉を見つめた。

彼の瞳は恋情と欲情を映し美しくきらめいていた。この男は本当に自分が好きなのだ、欲しいのだとわかる目だと思う。

なにも言わないまま両腕を彼の首に絡ませ背伸びして唇を重ねると、至近距離で彼は幾度か目を瞬かせた。廉が自らキスをしたことなど過去になかったから驚いたらしい。それから彼は満足そうに目を細め、すぐに舌を挿し入れてきた。

「は……っ」

舌先で口の中を舐め回され、もう彼とのくちづけなど慣れたものであるのに、だからこそか、あっというまに劣情がこみあげてきた。この先にどんな快楽があるか知っている、そして今日は知らない行為もしてみたい、そう思うと余計に、はしたないほどの欲が身体中へ広がっていく。

「ふ、んぅ、あ……」

舌を絡めて唾液を啜りあう、いつも通りのようでいていつもよりも情熱的なくちづけに、いやに濡れた喘ぎが零れその自分に少し戸惑った。麗静のみならずおのれも、自分で考えているより急《せ》いていることをはっきりと自覚させられる。早く欲しい、もっと触れたい、いまふたりは互いにそんな欲望を抱き熱っぽいキスを貪っているのだ。

最後に軽く舌先を噛んで唇を離し、麗静の手を取ってくちづけだけで反応している身体に触れさせ、「おれもうこんなだ」と告げ笑ってみせた。それからそっと麗静に触れたら自分以上に勃起していたので、ほっとするのと同時にいじらしさを感じる。

「よかった、あんたも興奮してる」

宥めるように優しく撫でながら言うと、麗静もまた同じ動きを廉に返して答えた。

「目の前に愛するものがいて隣にベッドがあるのに、興奮しない男がいるのか？　廉、早く君の素肌に触れたい、可愛らしくていやらしい顔が見たい、今夜の私をあまり焦らさないほうがいいと思うが」

「焦らすかよ。おれだって早くあんたのいい顔を見たい。なあ、おれはあんたのそういうところがすごく好きだよ」

偶像であるべき代表者が自分の前では誰より人間くさい男に戻るのが嬉しい、という意味で口に出した単純なフレーズは彼に理解してもらえたのだろうか。廉の言葉に珍しくもただ楽しげに笑い、「では互いに見たいものを見ようか」と言って、彼は自身のバスローブの紐《ひも》を解いた。

ふたりで湿気たバスローブを脱ぎ捨て、くすくす笑いながらベッドに乗った。シーツの上に座ったまま手を差し出しあい相手の肌にてのひらを這わせ、じわじわと忍び寄ってくる快感を分けあう。

「あっ、そこ、おれ、最近、駄目だ」

思う存分麗静を撫で回してやりたかったのに、指先で乳首を摘《つ》まれて、彼に触れていた手から力が抜けた。ぞくぞくするような刺激に身体が一瞬で高まり、笑う余裕さえも奪われる。

「何度も私が可愛がってあげたからか、君はすっかりここが気に入ったらしい」

そうされているこちらが恥ずかしくなるくらい露骨にこね回されて吐息を震わせると、あっさりと仰向けに押し倒された。なにかを言う前にいつも通り舌を這わされ、抑え切れない喘ぎが洩れる。

「あぁ……、は、あっ、駄目だ、から……。気持ちいい、からっ、あ……、は」

自分で聞いてもわかる、みっともないほど甘ったるい声に鳥肌が立った。彼の言うように、何度も可愛がられて愛撫されることに慣れた場所は、はじめて触れられたときの何倍もの快感を拾ってしまう。

シーツを握りしめてしばらくのあいだはなんとか耐え、汗が滲みはじめたころに肌をくすぐる麗静の長髪を掴み力なく引っぱった。離してはくれないかと思ったが、麗静は廉の手に従い顔を上げ、最後に指先で乳首を弾き「ほら、これだけで熟れてしまう」とどこか嬉しそうに言った。

羞恥でかっと顔に血が上るのと同時に、強い興奮がこみあげてきた。自分は彼に乳首を吸われれば熟れてしまうのか、彼はそれが嬉しいのか、そう考えるとおかしなくらいに高揚する。

その高ぶりも手伝って、すっかり反応している性器に手を伸ばしてくる麗静へ、枕の下から摑み出したジェルのチューブを差し出すことに躊躇は感じなかった。廉の行動が予想外だったらしく一瞬動きを止めた彼に、どう言えばいいのだと悩みつつ告げる。

「思い出したら、その、……するんだろ。あんたは、したくないか」

麗静はまず少しばかり驚いた顔をしてから、次に目を細めて笑った。恋をしている男の顔であり、また、捕らえた獲物をどう料理してやろうかと舌なめずりしているような表情でもある。

ぎらつく目で真っ直ぐに見つめられて、うっすらとした怯みと、それを押し流すほどの期待が押し寄せてくるのを感じた。いくらかの間のあと、唇の端にキスをしてからチューブを受け取った麗静に、膝のあたりを摑まれついびくりと身体を強ばらせる。

「脚を開いて、自分で押さえていなさい。もう少し。そうだ、私に見えるように」

「……これは、……恥ずかしい」

両脚を自らの手で抱える格好に頰が熱くなるくらいの恥ずかしさを覚え、ぼそぼそと小声で訴えても、彼は体勢を変えさせてはくれなかった。チューブの蓋を開け右手にジェルを絞り出しながら、廉に「そのままだ」と言い聞かせる。

「道具を用意しておくほどしたいんだろう？　私もしたい。無理やりねじ込んだりはしないから、私が君の身体に準備を施せるようおとなしくしていてくれ」

「うわ、あ、待て、ちょっと、まっ、て……っ」

「ここで誰かと交わったことは？」

　べったりとジェルを塗りつけられその場所を指先でぬるぬると探られて、つい狼狽の声を上げると、鋭い目をした麗静からそう問いかけられた。そんなことを訊かれるとは思っていなかったのでびっくりし、ただ単純に「あるわけないだろ」と答えたら、彼は満足そうな笑みを浮かべおのが唇をちらと舐めた。

「それは結構だ。ならば痛みを与えないよう努めよう、君も怖がらずに受け入れてくれ」

「あ！　は、あっ、指……、待て」

　少しのあいだジェルをなじませるように撫でたあと、特に遠慮もしていないだろう確実さで指先を押し入れられてびくっと身体が震えた。怖がらずにと言われても、麗静に告げた通りそんな場所で誰かを受け入れたことなどないのだから、知らない感覚にどうしても身がすくむ。

　麗静は宥めるように左手で脚を摩《さす》りながら、廉がくり返した待てというひと言は聞かず、忍び込ませた指先で強ばる入り口を内側からゆっくりと解《ほぐ》した。

「私と君はいまから結ばれるんだ。広げなければ私の性器は入らない。痛くはないだろう？」

「はぁ、あ……、いた、くない、けど……っ、変な感じ、する」

「そうか。では少し気持ちよくさせてあげよう」

「あ、あ、やめ……っ、あ！　中、入って、く、る……」

浅い場所を緩ませていた指を、いくらか奥までぐっと進められて鳥肌が立った。明らかに他人の一部が自分の身体に入っている、そう認識せざるをえない違和感に無視できない怖じ気を覚える。

しかし、内側を軽くまさぐった指の腹である一点を緩く押し撫でられたときには、そんな淡い恐怖心は飛んだ。快感の芽に直接触れられているような切実なよろこびが不意にこみあげてきて、意図せぬ高い声が散る。

「うぁ、あッ、なに……、そこ、あ……っ、だ、めだ、駄目、あッ」

「こうも勃《た》たせて、気持ちがいいんだろう？　ああ、君の中が目覚めてきた。私の指に吸いついてくる」

「麗静……っ、指、そこ、離し、て、くれ。は……ッ、あっ、気持ち、よすぎて、おか、し、い……っ、やめ、て」

「君が過去に知らなかった快感だというだけで、おかしいものではないよ」

必死に乞うても麗静は取りあわず、廉が反応する一箇所を執拗《しつよう》に撫で回した。身をよじって彼の指先から逃げようにも、自ら支える手ごと片脚を押さえ込まれてしまえば、ろくに動けなくなる。

身体の内側を弄《いじ》られるとこんなに、痛いくらいに気持ちがいいなんて思っていなかった。本来性行為で使う器官ではないのだからきっと痛くて苦しいのだろう、それでもつながりたいとジェルを用意したのに、自分がそんな場所で快楽を得るとは想定外だ。

君が過去に知らなかった快感だと彼が言うのならその通りだし、おかしいものではないと告げられたらじたばた暴れて抗うこともできない。自分から求めておいて、気持ちがいいから怖くなったと彼を蹴りつけるのもそれこそおかしな話だ。

「あぁ……、おれ、溶けて、しまわな、い、か……？　ん、もう……、あ、はっ、みっとも、ない顔、して、るだろ……っ」

喘ぎ交じりにつかえつかえ言うと、麗静は愛撫の手は止めずに優しい声で答えた。

「色っぽい顔をしている。可愛らしくていやらしい、私の見たかった顔だ」

「は、あ……っ、そんな、に、見る、な……っ。恥ずか、しい、から……」

「なぜ？　恥ずかしがらなくてもいい、私の愛する廉はいつでも美しい。もっと見せてくれ、そのまま私を感じていてくれ」

しばらくは内側の一点ばかりを責め、硬直している身体が弛緩《しかん》するのを待ってから、麗静は丁寧に廉を開いた。もはや駄目だとも言えずに抑えられない声を零しつつ、自分の身体を広げていく彼の手に身を任せる。

「ん、う、はぁ……っ、きつ……」

それでも、指を増やされたときにはさすがに喉を引きつらせ、小さく首を横に振った。痛いというのではないが、自分が別のいきものに変えられてしまうような気がして、忘れていた怖じ気がぞわりと蘇る。

麗静はその廉の仕草を見てなにを感じたのか、膝のあたりに軽くキスをして先よりさらに優しく言い聞かせた。

「大丈夫だ。君のここはもう大分開いているからすぐに慣れる。君と私が交わるために少し耐えてくれ」

「あ、あ……ッ、動か、さ、ない、で……。こ、わい……っ」

「大丈夫だよ」

ジェルを足しながら長い指を出し入れされ、他にはどうにもできずぎゅっと目を瞑って強い異物感を受け入れた。ぐちゅぐちゅと掻き回される音が聞こえてきて、あまりのいやらしさに顔が歪む。本当に身体を別のものに作りかえられているようで、彼が自分に苦痛を与えないためにそうしているのだと理解はできても覚えた怖さは拭《ぬぐ》えない。

「ふ……、あ、なに、こ、れ……っ、あ、あ、おれ、変に、なって、る……っ」

しかしそれも、じっくりと指を使われているうちに、次第に快感に塗りかえられていくのがわかった。彼の指先が不意にぐっと内側を刺激するたびにびくっと身体が揺れる。他人をのみ込む違和感を経験のない快楽へと変化させる巧みな動きに、気づけばすっかり夢中になっていた。

慎重な準備と愛撫で、知らない行為に対し反射的に湧く怯みや抵抗感を、ひとつひとつ削《そ》ぎ取られているのだと思う。当然麗静は意図してそのように自分に触れているのだろう。強引に押し入ってくることだってできるのにそうはせず、たっぷり手間と時間をかけ、彼は、十年も待ち続けた恋人とつながる夜をよろこびに充ちた特別なものにしようとしているのだ。

「ああ……、気持ち、い……っ。ふ、う、麗静……っ、なあ、まだ、あんた、の、入らない、のか……」

指で身体の内側をまさぐられる快感に酔いながら訊ねると、麗静がふっと吐息を洩らすのが聞こえた。笑ったのかもしれない。つられるように閉じていた瞼を上げたら、確かな愛情と、先ほどよりあからさまな欲情をたたえた瞳をきらめかせ、笑みを浮かべている麗静の美貌が目に映った。

「入れてほしいのか？」

わざとらしく中で指を蠢かせた麗静に問われ、濡れた唇を震わせて答えた。

「入れ、て、ほし、い……っ。あぁ、おれは、あんたの、が、欲しい」

「私と結ばれたいか？」

「はぁ、も……、入る、なら、焦らすな……っ。あんた、と、結ばれ、たい……っ」

ベッドの上ですべてをさらけ出して、おそらくは意味もないのだろうと知りつつも睨みつけるように彼を見て告げると、それが気に入ったのか彼は笑みを深め指を抜いた。自ら抱えている廉の右脚を、逃がさないためにか左手でさらに押さえ込み、右手で握った自身の性器をぐずぐずに蕩《とろ》けた場所へ押し当てる。

指だけでこんなに気持ちがいいのだから彼の性器を入れられたらどうなるのだろう、廉が抱いたそんな一瞬の期待を見て取ったのか、麗静はそこでは特に宥める言葉は口にしなかった。角度を測るようにぬるりと一度なぞったあと、そのほうが相手が楽だということなのか、ぐっと力を込めて硬く張り出した部分をずぶりと一気に押し入れる。

「うあ、あッ、あ！　は……ッ、ああっ！」

太い先端が食い込んでくる想像していた以上の衝撃に、悲鳴のような声が散った。何度か手で握ったことがあるので知ったつもりになっていたが、身体の中に受け入れ改めて彼の逞しさを思い知らされる。

麗静は廉の声を聞いても身を引く様子は見せず、そのままじりじりと腰を進めた。根元まで埋め込んだところで性器がどこまで入っているのかを教えるように、数度大きく廉を揺すりあげる。

「ひ、あ……！　あっ、や……、そんな、に、太いの、で……っ、そんなに、奥まで、入って、くる、な……ッ！　あ……！」

「君が欲しいと言ったものだ。深く結ばれるためにすべて味わってくれ。痛くはないだろう？」

「は……ッ、痛く、ない、けど……っ、くる、し、い。中、が、あんたで、いっぱい……、に、なってる……。あんた、の、形に、開いて、る……っ」

目を閉じることもできぬまま危なっかしく答えると、麗静が仄かに笑った。廉が口に出したセリフのどれかが気に入ったらしい。少しのあいだ動かずにいた彼は、そののち、おのが肌に指先を食い込ませている廉の手を離させ、かわりに両手で相手の脚を押さえ体勢を整えさせてからゆっくりと腰を使いはじめた。

「苦しいか。では君が気持ちよくなれるよう努めよう」

「あ、あ、はぁ……っ、あぁ、駄目、だ、動く、な……ッ、おれ、は、こんなの、知らない、から……」

「ならば私で知ればいい。大丈夫だ、君は上手に私を咥《くわ》え込んでいるよ」

なにを訴えても聞く耳を持たず、麗静は規則的な動きで廉を揺さぶった。身体を貫く他人の熱がもたらす経験のない感覚に息を乱しながら、シーツを握りしめてなんとか受け入れる。

　こんなに苦しいのに気持ちよくなんてなるものかと思っていたのに、ぎっちりと埋め込まれた性器で内側を擦られているうちにじわじわと快感が生まれはじめて、その自分に戸惑った。のみ込むだけで精一杯だったはずが、身体を押し開く質量に慣れてきたのか、ジェルに濡れた中を突かれるたびに快楽は強くなっていく。

「そうだ。私を感じて、気持ちよくなってくれ」

　表情、あるいは反応の変化から廉がどういった状態にあるのかを読み取ったらしく、穏やかな律動はそのままに麗静が囁いた。もっと乱暴に突きあげたほうが彼は満足できるのかもしれない、しかしいまは廉の快感を優先している、というよりまずはこの行為が快いものであると教えようとしているのだと思う。

「はぁ……っ、ん、う、中、擦れて、ぞくぞく、する……。な、んで」

　麗静の性器がゆるゆると出し入れされるのに合わせて膨れあがる悦楽は、深く濃く心にまでしみ入るもので、シーツを摑む両手が小さく震えた。自分が得ているよろこびに理解が追いつかない。それなのに身体は勝手に、確実に高ぶっていく。

「ああ、麗静……っ、気持ち、いい。おれ、はじめ、て、なのに……っ、どうして、こんな、に、気持ち、いいんだ……？　こんな、の、おかし、い。いやら、し、い……っ」

　覚えた困惑を途切れ途切れに口に出すと、麗静は「私に抱かれているからだろう？」と告げ淡く笑った。

「君は私と結ばれて嬉しいんだよ、違うのか？　私は君と交われて嬉しい。私だけがいまのいやらしい君を知っていることも嬉しい」

「ふ、う……、あ……っ、うれ、しい。おれ、も、嬉しい……っ、だから、気持ち、いい、の、か」

「そうだ。肉体のみならず心が充たされる。私と君は思いあっているからだ」

麗静の言葉はまるでパズルのピースがぱちりとはまるように、惑う思考の隙間を埋めた。置いてきぼりになっていた理解が追いついてますます快感が増す。

彼の言う通りだ。自分はいま恋する男とつながって、自分で自分がわからなくなるくらいに嬉しいし、気持ちがいいのだ。

そう自覚した途端に、じわりと近づいてきていた予感がはっきりと形をなすのがわかった。緩やかに中を突かれ高まっていた身体が、解放を求め熱くなっていく。自分はこんなに単純だったろうか、こうも簡単だったかとびっくりしても迫る波は無視できない。

それでもしばらくのあいだは意味もなく首を左右に振って耐えた。男を受け入れたこともなかったくせにあまり早く極めてしまうのもみっともない。しかし、両脚を押さえ込まれまともに身じろぎもできない状態で休みなく与えられる快楽は、そこから逃げるどころか動いて散らせもしないだけに、次々と身体に蓄積していく一方だった。

息を吸っても空気が肺に入ってこない感じがする。迫《せ》りあがってくるよろこびが大きすぎて、他のものを取り込む隙間がないのかもしれない。段々と働きが鈍っていく頭でそんなことを考えた。

気持ちがいい。早くいきたい。溜《た》まりに溜まった悦楽を解放してしまいたい。

「廉。いきたいか？」

身体を細かく震わせている廉を見てその欲を察したのか、麗静に優しくそう訊ねられた。

太い性器で中を擦られ続ける身体は、そのころにはもう否定しえないだけ興奮していて、彼の問いに頷いて返す以外にできることはなかった。

「は……っ、どう、し、よう……、いきたい、あぁ、も、出したい……っ」

「いけばいい。私をのみ込んで達する君の姿を見せてくれ」

「あ、あ、駄目だ……っ。いま、触ら、れ、たら……、本当、に、いく。離し、て……っ」

左脚を押さえていた彼の手が離れ、それまで触れられていなかった性器をやわらかく握られて、慣れているようで知らない熱がこみあげてくるのを感じ半ば掠れた声で訴えた。

だが、ここでも麗静は廉の言葉は聞き入れず、屹立し切っている性器をゆっくりと扱きはじめた。

「あ……っ、も、や……、はぁっ、出る、それ、駄目だ」

「なにが駄目だ？　廉、いきなさい」

「ああ……！　もう……っ、いく、あ、は……ッ、あ！」

性器を握られたまま、不意に意図的な動きでぐっと奥まで挿し込まれて、もう我慢することもできなかった。押し寄せてくる波に否応なくのみ込まれ、絶頂の衝撃にぎゅっと目を瞑る。

それは過去に味わったことのない恍惚《こうこつ》だった。瞼の裏がちかちかと明滅し思考が遠のいていく。腕も足も硬直し肌が燃えるように熱くなって、内側から皮膚がはぜてしまうのではないかと怖くなるほどの愉悦が全身を駆けめぐった。

知らなかった。恋をした男と結ばれるセックスとは、こうも気持ちのいいものだったのか。

「は……ッ、あぁ……、ごめ、ん、おれ、ばっか、り」

しばらくよろこびを嚙みしめたあと、丁寧に欲の証《あかし》を絞り出してから手を離した麗静に詫《わ》びた。身体の中に埋め込まれた彼の性器は逞しいままで、こらえ切れずひとりだけ射精してしまった自分がなんだか情けなくなる。

そこでくすくすと笑う声が聞こえてきたので固く閉じていた瞼を上げると、麗静はひどくなまめいた目で廉を見つめこう言った。

「なぜ謝る？　私で達する君はとても可愛らしいし、懸命に締めつけられて私も気持ちがいい。大丈夫だよ、これは君ばかりが快感を得る行為ではない」

「あっ、ま、て……、いった、ばかり、で、中、おかし、い、から……！」

「今度は私がもう駄目だ。そんなに色気のある顔を見せつけて、こんなに私に食らいついて、それで待てと言われてもね」

「ひ、あ……っ、や、ああ！　麗静……っ！」

精液で濡れた右手で左脚を再度押さえ込まれ、射精した直後のいやに敏感な内壁を先ほどとは違う荒っぽい動きで擦られて、思わず甲高い声を上げた。かたかたと震える手を伸ばして彼の肌を引っ掻き、やめてくれと示しはしたものの、一度解放したはずの悦楽があっというまに蘇ってきてその手は結局またシーツに落ちてしまう。

瞑ってしまいたくなる目をなんとか開けて見つめた麗静は、美しい獣のように瞳をぎらつかせていた。彼はいま自分が欲しくて欲しくてたまらないのだ、この身体で快楽を貪っているのだと思ったら、不意に、それまでよりも強いよろこびが胸に充ちて息苦しくなった。

愛おしい。他の誰をも抱けなくなるくらい、彼に気持ちよくなってほしい。

とはいえ、次第に激しさを増す彼の律動を受け止めるので精一杯で、そう口に出すことはできなかった。目を開けていられずきつく閉じた瞼の端からこめかみへ、勝手にあふれる涙が伝い落ちていく。

「ふぅ、あ、あ、こわ、れ、る……っ。へん、に、なる」

ぐちゅ、ずちゅ、と淫《みだ》らな音を立てて中を掻き回され、それに耳まで犯されるような気がした。喘ぐ合間に言いつのる声が舌足らずになり格好悪いとは思っても、こんなふうに揺さぶられていたらまともに言葉も出てこない。

まずは廉にこの行為は気持ちがいいものだと教えた麗静は、いまは一途《いちず》に自らの快楽を追っているのだろう。当然相手にも等しく快感があるかを観察してはいるのだろうが、与えるのみでなくそれ以上に奪っている。霞みはじめる思考でもそれはわかった。

ならばこのまますべて奪われても構わないか。

動物のように息を喘がせながら零れる涙もそのままに、無言で自分を突きあげている麗静をしばらくのあいだただ受け入れていた。しかし、どれほどたったころか彼が不意に動きを変えたので、どろどろに溶けかけていた身体が派手にびくっと跳ねた。

「うぁ、あ……っ、そこ、は、無理、だ……っ、やめ、て！」

先に指で探られた弱点を硬い先端でぐっと刺激されて思わず声を上げる。むき出しになった神経を押し潰《つぶ》されるような鋭い快感が全身に襲いかかった。

「君はここが気持ちいい。もう知っているだろう？」

相変わらず廉の訴えを聞くつもりもないらしく、くり返しその場所へ先端を擦りつけながら麗静が言った。はじめて耳にした彼のあからさまなオスの声についい喉を鳴らし、それから、愉悦という名のインクを頭からぶちまけられたみたいに自分が一瞬で興奮したのがわかった。

　この男は行為の最中にはこんな声を出すのか。彼はいま自分を食らおうとしている獣なのだ。相手を快楽に沈めておのれも同じ沼に浸って、ふたりでなければ得られないよろこびを味わい尽くそうとしている。

「ああ、駄目……っ、また、いきたい……、麗静……、麗静……っ」

　明らかに自分を追い詰めようとしている動きに翻弄《ほんろう》され、無理やり目を開けて彼を見つめながら何度も名を呼び絶頂を求めた。もう一度深く貫いたまま先ほどと同じように性器を擦ってほしい、射精に導いてほしい、そんな欲望で頭の中がいっぱいになる。

　しかし麗静は廉の願いを叶えてはくれなかった。押さえつけていた廉の脚を肩に抱え、今度は奥を抉《えぐ》りながら答える。

「そのままいってみなさい。君はもう私に慣れたからできるだろう」

「あッ、あ！　や、そんな、の、無理だ……っ。も、出した、い……、苦し、い……っ」

「大丈夫だ、いけるよ。廉、手を使うな」

　自らの性器に右手を伸ばしかけたところで制され、それ以上は動けなくなった。その間も麗静の激しい律動は止まらない。

　中を突かれるだけで射精できるものかと顔を歪ませたら、その表情で廉の言いたいことは伝わったらしく、麗静はにっと艶っぽい笑みを浮かべさらに深くへ先端を潜り込ませてきた。

「ああ！　いや、だ……！　おかし、い……、おかしく、な、る！　あッ！」

そんなところにまで届くとは思っていなかったので、一瞬で色濃くなる悦楽と怖じ気に悲鳴を上げた。それに構う様子もない麗静に、ぐいぐいと容赦なく奥を押し広げられ、途端に射精感が押し寄せてくるのがわかり驚きとまたの恐怖を覚える。

自分はいま麗静に身体を作りかえられているのだ。先刻思ったように別のいきものにされているのだ。はっきりとそう理解し全身に鳥肌が立った。

「は……、あっ、いく、これ、あぁ、も、出る……っ」

「いけ、廉。私も君の中に出す」

「あ、はッ、あ……ッ、あ、いく、ああ……！」

麗静に掻き乱される身体の奥から熱がこみあげてきて、とどめるすべも知らず絶頂に溺れた。腹の上に放った自分の精液の温度がいやに生々しく感じられ、寒気にも似た愉悦が余計に強まる。

その意図もなく麗静をぎりぎりと絞りあげると、それが気持ちよかったのか彼は、は、と小さく吐息を洩らし、最後に数度重く廉を突きあげて中で達した。太い性器が脈打ち、深い場所へどくどくと欲の証を注ぎ込んでいるのが、すっかり彼の形を覚えてしまった内側の感覚でわかった。

とうに理性も薄まった頭で、麗静は自分で極めてくれたのだ、と思ったら、解放感と同時に強いよろこびが身体いっぱいに広がった。欲望と恍惚を分けあっていまふたりは確かに結ばれている。

絶頂の衝撃で痙攣《けいれん》する廉の内側の感触を味わっているらしい麗静は、しばらくののちにゆっくりと性器を抜いた。それを追うようにどろりと精液があふれ出すのを感じて、快楽の残滓《ざんし》がぞくりと身体の中で蠢く。

本当に彼は中で射精したのだ、自分は彼が放った悦楽で充たされているのだ。改めてそう考えたらたまらない嬉しさが湧き、そんな自分に微かに戸惑った。

「廉。愛しているよ」

麗静はその表情を見てなにを思ったのか、肩から脚を下ろさせ、汚れるのも構わず廉を抱きしめ優しく告げた。汗と精液で濡れた抱擁にほっとし、いつのまにか瞑っていた目を開けて、まともに力の入らない腕を上げ彼の背に回す。

「私たちは二度恋に落ちた。ならば愛情の強さも二倍なのだと思わないか」

耳もとにそう吹き込まれてくすぐったさと、あたたかな愛おしさを感じ少し笑った。先ほど感じた戸惑いは納得に変わり胸の中に落ちる。

十年間も離れていた恋人と再び巡りあい、記憶を失ったまま恋をした。すべてを思い出したいま、なにがあろうとたとえ一度は忘れようと、ふたりは惹かれあう運命にあるのだと心の底から確信した。

回り道をしたのちに戻ってきたこの街で、ようやく愛するものと抱きあえた。十年のときを経て約束通り結ばれた。その十年があったからこそ、快楽を交わし生身の彼をのみ込んで、こんなにも嬉しさを感じるのだ。

過去に知らない大きな感情に困惑する必要はない。すべてをこの手で受け止め抱きしめよう。

背に回していた腕を緩めると麗静が幾ばくか身を浮かせたので、唇にそっと触れるだけのキスをして答えた。

「二倍じゃ足りないよ。いまからおれは、忘れてた十年間の分もあんたを好きになるから覚悟してくれ。なあ麗静、おれがあんたのいるこの街へ戻ってきたのは運命だと思わないか」

「君は必ず帰ってくると信じていた。私たちがいまこうしてともにあるのは運命だ」

麗静は甘い声で囁き軽いくちづけを返してくれた。信じていた、か。決して短くはない時間自分を待っていた彼の気持ちをわかるとはいえないが、そばにいられなかった十年の空白を埋められるくらいに、口に出した通りいまから、たっぷり愛してやろうと心に決めた。

しばらく見つめあったあと麗静は身を起こし、湿気たバスローブを手に取って自身と廉の肌を拭《ふ》いた。自らの精液で汚れた腹を、それから膝を立てさせられ、ついいましがたまでつながっていた場所を丁寧に拭われぴくりとつま先が震える。

「ああ。あふれている。たくさん出してしまった、ごめんね」

まだ敏感になったままの身体を擦られる刺激と、いやにやわらかい彼の口調に、いったんは収まっていた劣情が再度ぞくりと湧いてくるのを感じた。はじめてのよろこびを知ったせいか自分もずいぶんと欲深くなったものだと半ば呆れつつ、肌を清めている麗静の黒髪に触れ視線を呼ぶ。

廉の手に従い眼差しをよこした彼としっかり目を合わせて、誘う言葉を声にした。

「おれの中に、もっとたくさん出してくれよ」

麗静は驚いたのか二、三度目を瞬かせ、そののち、穏やかさの中にも確かな欲望をうかがわせる笑みを浮かべて問うた。

「私が欲しいのか？」

「欲しいよ。あんたはおれが欲しくないのか」

特に迷わず返したら、汚れたバスローブを放り出した彼の手が伸びてきて、やや強引に組み敷かれたものだから今度はこちらがびっくりした。麗静は目を丸くしている廉を間近に覗き込み、低くなまめいた声でこう告げた。

「欲しいね、十年分」

彼の短いセリフはひどく切実なもので、ぎゅっと胸が痛くなり、それからじわりと熱くなった。長いあいだ待たせてごめんなさいと言うかわりに両手で彼の頬に触れ、じっと見つめて優しく答える。

「じゃあ、十年分おれを味わってくれ。愛してくれ。おれもあんたを愛してるから」

麗静は廉の言葉に切なげに目を細め、先と同じく「愛しているよ」とくり返した。嘘偽りのない告白に頷き、唇を開いてキスを求めると、彼はすぐに廉の欲しいものを与えてくれた。

瞼を伏せて絡めあわせる舌の感触と味に酔った。頬に触れる髪の感触さえもが愛おしい。十年前に迷い込んだ日本で、居場所を見つけられぬまま孤独を刹那《せつな》忘れるため誰かに触れてきたこの唇は、彼と重ねるためにあったのだと思い知らされた。

数日後、宇航を伴い朱雀塔を訪れた麗静に誘われ、いつも通りレースのマスクをつけて街へ下りた。集団で歩くと邪魔になるので他のものは従えず三人のみだ。

塔に勤めるものでありながら主に銃を向けた柳は、事の顚末《てんまつ》および廉が記憶を取り戻したことを知ると、憑《つ》き物が落ちたような顔をして二代目朱雀の前にひざまずいた。彼にとっては、過去を忘れた廉は憎しみの対象である天選民のひとりでしかないが、幼いころから地属界で暮らし初代朱雀と思想を一にする人物、すなわちすべてを思い出した二代目朱雀は、霧幻城を治めるに相応しい代表者だと認めざるをえない相手なのだろう。

反省したのであればそれでいい、これから互いへの理解を深めようと引き止めた廉に、責任を取り朱雀塔から降りると告げ柳は姿を消してしまった。おのが行動を深く悔いているがゆえだと思う。ひとを割いて探せば見つけ出せるかもしれない、とはいえ自ら朱雀の配下という立場を捨てた男を無理に引き戻すのもおかしいかと、麗静と相談したうえで柳については追いもせず罰しもせず去るに任せることにした。

柳のかわりに、新たに朱雀塔執務室の秘書机に着いた青年は、もとは白虎塔で働いていたそうで麗静にまつわるあれこれをよく知っていた。白虎と一緒に少し下を見てくると言ったら「デートとは羨ましいです」と返され、なんだか尻のあたりがむずむずした。

麗静が十年間廉を待ち続けていたことも、廉とのあいだに特別な関係があることも彼はきっちり理解しているらしい。近しいものにだけなのであれ、配下にそこまで把握されるほど麗静は必死になって、なりふり構わず自分を探し回っていたというわけだ。

「廉。なにか食べるか？　そろそろ昼食の時間だ」

霧の中にも昼の陽が射し込むよく晴れた正午前、幾度か通ったことがある路面店の並んだ南地区の道で、麗静から不意にそう声をかけられ少々驚いた。子どもだったころはともかく塔の外で食事に誘われるのは珍しい、ではなく、三か月前に霧幻城へ戻って以来はじめてだった。

「あんたでも街でメシを食うのか？」

そのつもりはなかったのに、隣を歩く彼を見あげて問うた声には、意外だ、という気持ちが露骨に表れてしまった。麗静もそれには気づいたろうが、これといって感情を面に出さず廉と視線を合わせ淡々と答えた。

「なぜそんなことを訊く？　私も街の一員なのだから好きに食事をしていいだろう」

「いや。偶像であらねばならないって言うくらいだし、少なくともいまのあんたは街のひとたちの前ではものを食べないのかと思ってた。とりわけあんたはその、なんていうか、あれだ」

絶対的な畏敬の対象であるのは確かでも、だからこそか、人々が麗静に対して抱くのは崇《あが》める、あるいは尊ぶといった思いであり、おそらく親しみやすさや気安さを感じるものはあまりいないだろう。そうした霞《かすみ》でも食べていそうなタイプの権力者が平然と街で食事をとっていれば、みな戸惑うのではないか。

と、正直に述べるわけにもいかず「そう、人間くさくないからな」と曖昧《あいまい》に返したら、麗静はその瞳に僅かばかり複雑な色を浮かべてからすぐに目を前へ戻して言った。

「偶像であるべきでも人間くさくないとしても、私も一応は生きているのでね。腹が減ればたまには街でも食事をする。悪いか？」

「ああいや。悪くないぞ。まったく悪くない。そうだな、その、あんたはなにが食べたいんだ？　昼メシを食える店ならいっぱいある、なんなら露店もあるし」

もしかしたらこの男は拗《す》ねているのかと慌てて返事をし、並んで歩くふたりの代表者に視線が集まる人混みの中きょろきょろと周囲を見回した。道を行き交う人々のざわめきで聞こえていないのか単に知らぬふりをしているのか、数メートル後ろを歩く宇航は口を出してこない。

「せっかくだから私ではなく君の食べたいものを食べよう。なにがいい？」

麗静は特に考えるそぶりも見せずそう言い、再度ちらと廉に視線を向けた。廉が焦る様子が面白かったのか、その目はすでにいつも通りの穏やかなものに戻っていて密かにほっとする。

食べたいものか。どうせならば馬鹿馬鹿しいほどジャンクなものに食らいついてみたい気もするし、塔ではあまり口にしない珍しい料理を味わってみたくもある。街の人々に時折声をかけられそれに短く挨拶を返しつつ、さてなにがいいかと重なりあう看板を眺め、そこでふっと懐かしさが湧いた。

どんなにくたびれた服を着ていても弾けるような生気にあふれた老若男女、どこから入ればいいのか悩んでしまう狭い路面店、不格好に並ぶ閉め切った窓と道の両端に積みあげられたゴミの山、記憶を取り戻した目で見れば慣れ親しんだ混沌《こんとん》だ。

おのが身元も知らぬまま満員電車に揺られて会社へ通い、目立たぬ程度に仕事をして、金曜の夜には愛想笑いを浮かべ同僚たちと酒を飲む。あのどこか居心地の悪い、根を張る土のない世界は自分の住む場所ではなかった。それも当然のことだ。

自分は霧幻城の空気を吸い、食事をとり、迷路のような路地を走り回って育った。朱雀とはどういった存在であるかを語る父親の声を聞き、また麗静とは愛を囁きあって生きていた。無規律で猥雑なこの街こそが自分の居場所なのだと、霧の中を歩きいまさらながらに肌で実感する。

「考えつかないか？　君の好きなものならなんでも構わないが」

物思いに耽《ふけ》っていると隣からそう声をかけられたので、はっと我に返った。またひとしきりあたりを見て看板の多さに唸り、ああだこうだと悩みつつ答える。

「ちょっと待ってくれ。街に下りてあんたとメシを食うなんて、おれがここに帰ってきてからははじめてなんだぞ。どうせならインパクトがあって、かつうまそうなやつを選ぶ。勘違いしないでくれよ、おれは普段メニューを見て十秒以上悩む面倒くさいタイプの男じゃない、いまだけだ」

「そうか。ではしばらく街を散策しよう。空腹になれば食べたいものも決まる」

麗静はどこかしら愉快そうに言い、それからは黙って道を歩いた。その隣に並びごちゃごちゃとした街を眺めながら、じわりとこみあげてくる幸福感に小さな吐息を洩らした。

渦巻く善も悪も丸ごとのみ込み、霧幻城なりの秩序のもと人々が生活を営む街は懐が広く、だからこそ美しく愛おしい。その街を維持するために朝から晩まで書類を睨み電話をかけて、また塔から下り街の見回りをしては事務所へ足を運び、そしてときには人混みを縫い恋人と散歩をする、これ以上のしあわせなどいらないと思う。

そこでふわりといい香りが漂ってくるのを感じ、つい足を止めた。なんだか前にもこんなことがあったような、と記憶を探りつつ道の脇に視線をやると、立ち並ぶ路面店の隙間に挟まるこぢんまりした露店が目に入った。

店に立っているのは十四、五歳だろう少女がひとりだけだった。そういえばいつだったかも通りかかって彼女と話をしたなと思い出す。

「おいしそうなにおいだなあ」

ただ単純に感じたままを口に出すと、廉に合わせて立ち止まった麗静が「ではそこの店でなにか頼もう」と言った。白虎様がこんなに小さな露店でものを買って食べるのか、それは彼のイメージ的に問題ないのかと疑問を覚えはしたが、本人が特になにも考えていないようなので構うまいと人々の隙間を通って店に歩み寄る。

「そろそろマスクを外してみたらどうだ？」

しかし、後ろについてきた麗静に不意にそんなことを言われたので、足が止まってしまった。刺繍《ししゅう》入りのチャンパオに黒いレースのマスク、ここ三か月のあいだ街へ出るときにはずっとそうした格好をしてきたため、突然外せと提案されてもじゃあそうするよとすぐには答えられない。

「……いや、天選民だとばれるだろ。おれはまたナイフを構えて突っ込んでくる男の相手をするのはごめんだ」

ひそひそと言い返すと、いやに優しい声で告げられた。

「そのような事態にはならないだろう、大丈夫だ。いまの君は三か月前の君とは違う。朱雀と周知されみなから頼りにされるこの街の人間だ」

「……銃を向けられるのも遠慮したいな」

「初代朱雀にも痣はなかったが、彼は街の人々から敬愛されていた。血筋の違いは間違いなく残酷なものだ、としても両者の絶対の断絶を意味するわけではないよ、それを超える絆《きずな》が生まれることもある。さあ、とりあえずなにか食べよう、私は腹が減った」

背中から催促され、慌てて固まっていた足を動かし露店の前に立った。一生懸命饅頭を並べていた少女が廉に気づいて顔を上げ、嬉しそうに「朱雀様、こんにちは」と声をかけてきたので、応えようと口を開きかけたところで派手に身体が強ばり声が喉の奥に詰まった。

頭の後ろで留めていたレースのマスクが外されたからだ。振り向いて確かめるまでもなく結び目を解いたのは当然麗静だろう。

少女は余程びっくりしたらしく、言葉を発さぬまま、まじまじと廉の顔を見た。ほらみろ、やっぱり自分では血筋の違いを超えることなんてできないのだと苦々しく眉をひそめたら、しかし少女はそこで目をきらきらと輝かせこう言った。

「朱雀様は痣がないんですね、それに、お人形みたいにとっても綺麗なお顔です。そういえば前の朱雀様にも痣がありませんでした。天選民というひとなんですか？」

少女の言葉が聞こえたのか、途端に周囲がざわめきはじめ、それまで以上に人々の視線が集まってくるのがわかった。この往来で今日はなにをされるのだという怖じ気が這い寄りすっと肌が冷えたが、場に充ちたのは危惧《きぐ》していたような不穏な気配ではなくただ単純な驚きだけだったので、ああ、麗静が告げた通り本当に大丈夫なのだと理解し、硬直していた身体からゆるゆると力が抜けた。

絆か。霧幻城で暮らす人々と自分のあいだに、そうした強くてあたたかい思いの橋が架かりはじめているのなら、嬉しい。

「私は初代朱雀の息子だよ」

こっそりとひとつ深呼吸をしてから答えると、少女は輝く太陽のような笑顔を見せ、「この街にとどまり守ってくれてありがとうございます」と言った。それに今度は廉が驚き、そののち勝手に笑みが零れた。

自分は拒絶されていない、誰かに排除されることもない、改めてそう実感し胸のあたりが熱くなる。

「今日の饅頭は、このあいだ朱雀様が食べたそうにしていた豚の角煮です。前より調味料が増えたので特別おいしくできました。召しあがりますか？」

ぜひ食べてくれ、という表情で問われ興味が湧き、「ふたつもらうよ、ありがとう」と答えて金を渡し紙に包まれた饅頭をふたつ受け取った。いくら街でも食事をとるとはいえ、さすがにこれはあまりにも似合わないかと思いつつ片方を麗静に手渡したら、彼は別段ためらいもせず受け取り平然と口に運んだ。

「うまいな」

饅頭をひと口食べた麗静がまったく当たり前の感想を述べたので、なんだか妙におかしくなった。彼にならって噛みついた饅頭の中には蕩けそうにやわらかい角煮がたっぷりと入っており、「うまいな」という同じひと言が自然に洩れ、それがまたさらにおかしくてひとりでにやにや笑ってしまう。

片手を振って露店から離れ、饅頭を食べながら道を歩いた。先ほどの少女とのやりとりを聞き、現在の朱雀は先代と同じく天選民なのだと街のものもみな把握したらしく、マスクをつけていなくてもいつもと変わらず明るく挨拶をしてくれた。

「しっかりした子どもだ。街の未来は明るいか」

しばらく黙って歩を進めていた麗静が不意に口に出したセリフが、露店に立つ少女を指すものであることはすぐにわかった。深く考える前に「そうだな」と短く返し、そののちに確かな意味を伴って彼の声がじわりと心に充ち、言葉にしがたい感動を覚えた。

そうだ。霧幻城には未来があるのだ。

この街が好きだと、いまさらながらにそんな思いをじっくりと噛みしめる。麗静とともに、霧幻城が崩れ落ちてしまわぬよう守りたい。他の場所で生きるのはいやだ、どれだけ便利だろうと安全だろうと、ここでなければきっともう息ができない。

「君が十六歳からの十年間をすごした世界は、どういった場所だった？」

ほとんど自覚もなく都内の街並みを思い出していたら、まるで廉の心を読んだかのように麗静がそう言ったのでどきりとした。どういった場所だった、か。大きく息を吸って吐いて一瞬の驚きを逃がし、少しのあいだ無言で考えてから答える。

「悪い場所じゃなかったよ。まあ例外もあるけど、基本的には便利で安全、街中は綺麗に整っていて人々は調和を重んじる。そういう暮らしが肌に合うやつにとってはすごしやすいんだろ。でも、おれは霧幻城のほうが好きだ」

「そうか」

「なによりここにはあんたがいるからな。他の世界にはもう行かない」

最後にさらっとつけ加えると、今度は麗静が驚いたのかぴたりと足を止めた。そこまでおかしなことを言っただろうかと首をひねりながら隣を見たら、廉の手から食べかけの饅頭を取りあげ自身の分とあわせて背後の宇航に「持っていてくれ」と渡した麗静に手首を摑まれ、そのままひとがひとりふたり通るのがやっといった細い横道に否も応もなく引っぱり込まれた。

廉の手を引いて足早に路地を辿り、人目から逃れたところでようやく立ち止まった麗静は、ためらいも見せずに恋人を抱きしめた。そうされてから改めて、自分のいない十年間、この男はさみしかったのだなと思い知らされた。他の世界にはもう行かない、その言葉が余程心にしみたに違いない。

生きているのか死んでいるのかも定かでない。戻ってくるのかこないのか、実はまったくわからない。帰ってこないのではないか、いや、必ず帰ってくるはずだ、彼はきっと何度もそう自問自答をくり返しつつ自分を探してくれたのだろう。

なぜならそれほどまでに消えた恋人を愛しているからだ。

「おれはこれからは、ずっとあんたのそばにいるよ」

優しく囁いて彼を抱きしめ返すと、無言のまま腕の力を強められた。十歳近くも年上の人間に対してこう感じるのも変かもしれないが、いつかと同じように可愛い男だなとまた思った。麗静は誰より頼もしく思慮深くて、常に冷静沈着で、しかし自分を前にすればしばしば恋に足を捕らわれた子どもみたいに感情をあらわにする。

ちらと目をやった路地の入り口あたりには、呆れ半分といった表情が浮かぶ横顔を見せ、食べかけの饅頭を両手に持ち立っている宇航の姿があった。邪魔者が入ってこないように見張っているらしい。

ならば遠慮はいらないかと、うっとり目を細め息苦しいくらいの抱擁に酔った。愛おしい街、愛おしい男、確かに感じ取れるあたたかな体温、他に必要なものなどない。

霧で行く先も見えない雑然とした地だって、ここが自分のいるべき場所、自分らしくあれる街なのだ。そしてまた、穏やかでときに熱い愛情で充たされた麗静の隣こそが、自分が根を張れるひとつの世界なのだと実感した。

霧幻の城で誓う愛

正午すぎ、ひとりで西地区と南地区の境にある賭場《とば》兼学校へ出向いた。

廉《レン》から電話があったのは三十分ほど前だった。朱雀《すざく》塔の執務室で父親の目を盗みこっそり受話器を握っているらしく、『麗静《リージン》。手が空いてるときに学校の屋上に来てくれないか』と乞《こ》う彼の声は密《ひそ》やかなものだった。それから急ぎ仕事を片づけて時間を作り白虎《びゃっこ》塔を下りたのだ。

優しい曇り空の下で、霧深い霧幻城の街並みはいつもよりやわらかな雰囲気を醸し出していた。多くの人々が行き交う道もどこか穏やかに見える。

白虎塔を出てから十五分ほどで辿《たど》りついた学校の脇《わき》、建物と建物の隙間《すきま》にできた細道を歩いて、前後に目をやりひとけがないことを確認したのちに傾《かし》いだ外階段に足をかけた。

こんなところを上ったことはないが他に手段がない。建物内の階段は賭場の主が使う事務所までしか通じていないので、屋上へ行くにはここを使うしかないのだ。

危なっかしい外階段は五階分上ったところで終わっており、その先には、屋上と呼んでいいのか柵《さく》もないコンクリートの平面が広がっていた。雨風に晒《さら》されてさぞかし汚れているのだろうという想像ほどはひどいありさまではなかったにせよ、綺麗《きれい》ともいえない。

その真ん中に、古い薄手のコートを敷いて廉が仰向けに寝転がり、本を読んでいた。朱雀の縁者であるから塔にいるときにはいつでもきちんとしたチャンパオを着ているが、今日の彼はラフなシャツとパンツを身につけている。そばに帽子が転がっているので、痣《あざ》のない顔を隠し服も着替えて、身分を知られぬようここまで来たのではないか。

短い袖から伸びるしなやかな腕やパンツと靴の隙間に見える足首、子どもとはいえずともどこかに幼さが残る顔には、少年から青年に変わる時期特有の色気があった。これは彼に恋情を抱く自分だけが感じるものなのか、誰《だれ》の目にもそう映るのかはわからない。

「廉」

他人の訪れに気がついていないらしく真剣な面持ちで本を睨《にら》んでいる彼に声をかけると、まずは真っ直《す》ぐな視線がこちらに向き、それから美貌《びぼう》が綻《ほころ》んだ。完全に警戒心を解いたその表情は自分だけに見せるものだと知っているので、形容しがたいよろこびが湧《わ》く。

「この屋上には怖い噂《うわさ》話があるんだ」

誰でも階段を上れるこんな場所にひとりでいるのは危険だ、と言いかけたところで、本を横に置いた廉が小言を封じるかのように口を開いた。

「むかし博打《ばくち》に負けた男が、ここから飛び下りて死んだらしい。そいつがいまでも化けて出て、誰かが屋上に近づくと突き飛ばして落っことすんだってさ。だから、少なくとも日中はひとが寄りつかないんだ」

「君は怖くはないのか？」

「昼間に出る幽霊なんて、喧嘩《けんか》したらおれが勝つんじゃないか。それに、他人が来ないところじゃないとひとりになれないだろ。ここは誰にも邪魔されないおれの大事な場所だよ」

しっかりとした口調は、十五歳にしては大人びている。朱雀の息子という立場が、彼を実年齢以上に成長させているのだろう。

誰にも邪魔されないおれの大事な場所、という彼の言葉に少しばかり複雑な感情が湧いた。代表者の血筋であるから、天選民《ティエンシュエンミン》だとはいえ妬《ねた》みや憎しみを直接ぶつけてくる人間はそういなかろうが、霧幻城では異端な存在であるのは事実だ。父親に似て芯《しん》の強い彼でも、それに居心地の悪さを感じるときがあるのかもしれない。

あるいは、代表者の血筋だからこそ常に気づかわれているのがうっとうしくなり、孤独という休息を求めるのか？　いずれにせよ、彼にとってはおのが出自も境遇も恵まれていると単純にいえるものではないようだ。

「私は邪魔ではないのか」

寝転がっている廉に歩み寄り隣に座って訊《たず》ねると、彼は半身を起こし「邪魔なら呼ばないだろ」と答えた。朽葉色の髪が少し乱れていたので、手を伸ばし直してやりながら、優しく問いを重ねる。

「君の大事な場所に、どうして呼んでくれたんだ？」

「ここ、夜は賭場になるからみんなあんまり近づきたくないのか、まわりの建物が他より低いだろ。だから白虎塔がよく見えるんだ。ちょっと遠いし霧もかかってるし細かいところはわからないけど、この場所にいるときはいつも、あんたがあそこにいるんだと思ってひとりで眺めてる」

廉は西の方向を指さしてそう言い、少しの間を置いてから続けた。

「でも今日は、ちゃんとあんたの顔が見たくなって、……わがままだけど電話をかけた」

いつでもはっきりとした物言いをする彼が僅《わず》かに声を揺らしたので、つい幾度か目を瞬《しばた》かせてしまった。それから、先より優しく「なぜ?」と訊《き》いたら、彼は霧に霞《かす》む白虎塔からこちらに視線を移してこう返事をした。

「とても優しいんだけど、とてもさみしい物語を読んだから」

自分が屋上を訪れたときに睨んでいた本のことか、というのはわかった。髪と同じ朽葉色の瞳《ひとみ》を黙って見つめ返すと、彼はいくらか迷う様子を見せたのちにこんな説明を加えた。

「恋人がある日いなくなってしまう物語」

彼の言葉からは、それが死別という意味なのか失踪《しっそう》という意味なのかはわからなかったが、問うのはやめた。かわりに「白虎塔へ来れば茶でも淹《い》れたのに」と口にすると、彼は眼差《まなざ》しを幾ばくか鋭いものに変えて告げた。

「おれがいま会いたかったのは、代表者の白虎じゃなくて、恋人の麗静だ」

心の中にある最もやわらかい部分を素手で摑《つか》まれたような感覚に襲われ、隠し切れない吐息を洩《も》らした。この男は強く、真っ直ぐで、そのうえひどく純粋だと思う。

「おれはいままで大切なひとを失ったことがない。だからその痛みがちゃんとはわからない。でも、もしあんたがある日いなくなってしまったら、きっとすごくさみしいんだろう。さみしすぎて多分どこかが変になる。そんな想像をしてたら、どうしてもあんたに会いたくなった」

「……そうだな。私も君がある日いなくなってしまったら、さみしさのあまりおかしくなってしまうかもしれない。だから私のそばにいてくれ、どこにも行かないでくれ」

廉が声にした心のうちに対して自分も同様の気持ちだと示し、最後に切実な願いをつけ加えたら、彼は僅かに首を傾げて他意もないように訊ねた。

「どうしてそんなことを言うんだ？　おれがどこかへ行くって思うか？」

「君は天選民だ。地属界《ディシユジェ》とは違う豊かな地で生きるという選択肢もある。君は天選界《ティエンシユエンジェ》へ戻りたいと考えることはないのか」

問いに問いで返すと、廉は大きく目を見張った。それからひどくもどかしげな、聞いているものの胸を刺すほどの強い調子で答えた。

「おれはこの街が好きだ。ずっとここにいたい、他のどこかに行ったりなんかしないよ。それに、大人になったらあんたと結ばれると約束したじゃないか。あんたこそ危ないことして約束を破らないでくれよ。ずっとおれのそばにいてくれ」

はっきりと言い切った彼は、しかし、口を閉じてからほんのりと頬《ほお》を染めて視線を落とした。自分の発言に照れを感じたのかもしれない。そんな姿を見せつけられて息苦しいくらいの愛《いと》おしさが湧き、自分を抑えられず彼の腕を摑んで引き寄せ、それでもなんとか理性を掻《か》き集めて額に軽いキスをするにとどめた。

「……麗静」

「廉。一日、一日と、ともに大事な時間をすごそう。いずれ年老いて朽ちるまでふたり一緒にいよう。この先なにがあろうと私は君を愛し続けると誓う。君は私にとって自身の命よりも大切な恋人だ」

耳朶《じだ》に唇が触れそうな距離で囁《ささや》くと、彼は幾度か頷《うなず》いて返してくれた。耳のあたりが赤くなっているから、声にして応《こた》える余裕がなかったのかもしれない。それにますますの愛おしさを覚える。

そばにいてくれ、か。これ以上なく情熱的で胸に迫る告白だ。互いにその思いを抱いている限り、霧の降るこの街で、いつまでもふたり愛しあっていられるに違いない。

あとがき

はじめまして、こんにちは。真式マキです。
拙作をお手に取っていただき、ありがとうございます。

こちらは、これといって目立つところもない会社員が、スラム街のような異世界にトリップするお話です。その世界で彼は、行方不明になっている街の重要人物、かつある男の最愛の恋人だと勘違いされ、十年ぶりに戻ってきたのだとみなに思い込まれます。余程似ているのか誰もがそう信じて疑いません。

物騒ながらも魅力的な街の雰囲気が伝わるといいなと思いながら書きました。そわそわしたりはらはらしたりといったシーンを挟みつつ、最後は優しく気持ちよく締められるよう努めましたが、どうだったでしょうか。

小山田あみ先生、素晴らしいイラストをありがとうございました！　頭の中にあったキャラクターたちや光景が、先生のお力で姿を得ていきいきと動き出したようで、とても感動いたしました。お忙しい中、本当にありがとうございました。

また、担当編集様、たくさんのご指導をありがとうございました。お手数をおかけしてばかりですが、今後ともどうぞよろしくお願いいたします。

最後に、ここまでお目を通してくださいました皆様へ、心よりの感謝を申しあげます。よろしければ、ご意見、ご感想などお聞かせいただけましたらさいわいです。

真式マキ

それでは失礼いたします。

またお目にかかれますように。

本作品は書き下ろしです。